读者丛书

DUZHE CONGSHU

百年辉煌读本

种植太阳的村落

读者丛书编辑组 / 编

读者出版传媒股份有限公司
甘肃人民出版社

图书在版编目（CIP）数据

种植太阳的村落 / 读者丛书编辑组编. -- 兰州：
甘肃人民出版社，2021.4（2021.5重印）
（读者丛书. 百年辉煌读本）
ISBN 978-7-226-05672-1

Ⅰ. ①种… Ⅱ. ①读… Ⅲ. ①散文集－中国－当代
Ⅳ. ①I267

中国版本图书馆CIP数据核字(2021)第047717号

出 版 人：刘永升
总 策 划：刘永升　马永强　李树军
项目统筹：宁　恢　高茂林
策划编辑：高茂林
责任编辑：王建华
封面设计：裴媛媛

种植太阳的村落

读者丛书编辑组　编

甘肃人民出版社出版发行
（730030　兰州市读者大道 568 号）

北京温林源印刷有限公司印刷

开本 710毫米×1000毫米　1/16　印张 15.5　插页 2　字数 229 千
2021年4月第1版　　2021年5月第2次印刷
印数：10 001~12 020

ISBN 978-7-226-05672-1　　　定价：48.00元

目　录
CONTENTS

养蜂人

明前茶

5年前，何苏买回两箱蜜蜂，开始在山里老家养蜂。

母亲不明白40岁的女儿为何突然对这种危险工作有了兴趣。想吃蜂蜜，随处可以买到，何至于自己动手来养蜜蜂？养蜂很苦，要戴斗笠、挂面罩，再热的天都要穿得像击剑手一样，把面罩的下摆严严实实地掖进衣领里，然后戴上双层棉布手套。在翻动蜂箱、添加作为饲料的白糖时，要小心避让蜜蜂；在收获蜂蜜时，要让蜜蜂意识到这是一种有限度的索取。总之，这是件冒险的事。

何苏是一名基层公务员，业余爱好写作，已出了好几本畅销书。这几年，孩子上了寄宿学校，父母也年过70岁，住在老家的老宅。何苏不放心老人，周末经常独自驾车返乡，帮父母整理菜园，打扫庭院，泡茶晒豆，尽享天伦之乐。母亲身体还算硬朗，原本想独生女回到老家能休息调养，并不想让她奔波养蜂。可何苏坚持要养蜂。

这里的大部分山地都种植了翠竹与茶叶，开花植物不是每季都有。为了让小蜜蜂有食吃，何苏经常要上网查询省内的蜜源植物都在哪里，什么时候开花。春天有油菜花、荆条花、苜蓿花，夏天有萱草花、薰衣草、三叶草、马齿苋、木兰，秋天有桂花与糯种晚稻，哪儿出现盛花期，何苏就带着她的蜂箱，驾着她的汽车，去蜜源地附近借宿或野营。

有时，母亲会与她一起逐花而行。老太太由衷地感受到了浙西山区和浙东平原的山清水秀。花是好看的，花粉也令空气中饱含着痒酥酥的香味。可是，何苏总穿得像个太空人，戴着护目镜，捂得满头是汗。她又不喜欢吃甜食，收获的浓稠蜂蜜都要倒贴快递费，寄给远方的亲友，母亲怎么也想不明白她这是何苦。

何苏却不理会母亲的担忧，寒来暑往，她将两箱蜜蜂逐渐分群扩张，养到了 6 箱。为了搬运蜂箱，她把代步的两厢车，换成了 SUV。

有一日，母亲终于不再劝说了，因为何苏送给她一本手绘的日历。那是何苏与出版社的美编一同创作的，里面的好多句子让母亲心动不已，例如：

“大雨忽临，我的蜜蜂，你在哪一朵丝瓜花下躲雨；你小翅膀上驮着的五彩花粉，被彩虹收去了没有？

“像工蜂一样无私又勤勉的群体，还有谁呢？天热的时候你们轮流贴近蜂巢，以双翅扇出的气流，为伙伴成就天然空调……

“当这世间再无野蜂飞舞，当所有的花粉都空自等待，秋天将会半瘪了嘴，所有的果实都会缺了牙，没了五彩斑斓的生气。”

母亲逐渐明白，蜜蜂在浙江乡村的生态系统里扮演着怎样的重要角色。如果蜜蜂越来越少，秋天将会像失去了半边牙床的老妇人一样，果实减产，稻穗半欠，自然界收获的光彩，至少会失去一半。一个人业余养蜂的力量虽小，但如果对蜜蜂的怜惜可以被更多的人感知，也许会激励周围的人，为复苏天然生态做一点事。善待蜜蜂，也许比少用含塑料微粒的磨砂膏和洗面奶更重要，比尽量依靠地铁和共享单车低碳出行更重要。

70 多岁的母亲和父亲终于一同接受了何苏养蜜蜂的举动。何苏加班的时候，他们还帮着照料蜜蜂，就像很多父母帮忙照料子女的宠物一样。母亲亲手缝制了带轻柔面纱的宽檐帽，与父亲一同戴上，去庭院里照看蜜蜂。他们还用杉木板和成片脱落的梧桐树皮，为蜜蜂搭了一个遮雨篷。

最近，母亲拍了一个小视频传给何苏看。视频里的她一面检查蜂箱，一面说："靠近蜜蜂时，你最好宁神静气，这样，烦躁的蜜蜂也会感知你内心的平静，它在空中飞舞的轨迹也会变得规律起来。养蜜蜂也是修身养性。女儿，你调去做街道上的纠纷调解员 5 年了，我终于明白，你为什么要养蜜蜂。"

（摘自《读者》2021 年第 2 期）

好人所为就是减低别人的人生成本

鲍尔吉·原野

人们爱用“艰难困苦”形容做一件事的困难。时间长了，只要是困难重重的事情，都有可能变成被赞美或者是被珍惜的功绩。

同样也是时间长了，人们开始想，这件事是不是应该不“艰难困苦”。人们敢想了，甚至敢想：人活着是不是也可以比较容易地完成一些事情？又想：人这一辈子是不是可以多办成点事情？还想：人轻松地完成一些事情，是否可能就是自身的权利？

话到这里，已经牵涉民法和政府职能的问题。人们已经看到，由于近年来市场经济的推行——是的，是市场经济，而不是别的什么——使政府的职能越来越转向为民众服务。在许多领域，一些政府职能部门开始承认他们就是为别人服务的，无论自然人或是法人。这种服务可以被理解为这是公务员领取薪俸的依据，换言，他们是靠这个吃饭的。也就是说，我们得到的服务已经在众多领域被公开宣称这是我们应该享受的权利，而不是被恩赐、靠运气、受施舍。

顺便举例。过去安装（迁移）电话，申请之后要等待数月，还要接受电信工人粗暴的“主人翁”式的态度。而我们感激人家亲自上门给咱们装（迁）电话，脾气大点应该，没拿你当外人。现在，申请递上之后，一小时之内就有人上门，鞠躬、换鞋，弄好了再鞠躬，请用户签字。紧接着就有电信局的访问电话打过来，问弄好没有？工人说没说你好、再见、谢谢？态度怎么样？总之，电信部门在感激你装（迁）了电话，给他们一个工作机会。而上门工人的谦恭卑顺，使我惊呆了，差不多要弃家出走，因为他们太努力、太客气、太出人意料，因而太有喜剧色彩了。我所惊讶的并不是这一件事，也没有企图把这篇文章变成对电信部门的感谢信。稍微留意一下就会发现，生活已经出现了很多变化，铁路、民航等公用设施开始推行尊重人的权利的服务，而民营企业早就在这样做。虽然还有一些部门飞扬跋扈，但总的趋势是朝这个方向转变。无论是不转变不行，还是不得不转变，给人的感觉是，社会降低了老百姓做事的成本，老百姓不必再“艰难困苦”地办成原本是很小的一件事。

我把这种转变归功于市场经济，是因为舍此无处可归。只有市场经济才能够让公共性的设施推行人性化服务的理念。我们对市场经济仍然所知甚少，尤其对它的能力，特别是深刻改组社会结构和人的观念的能力所知更少。我从小在各种豪迈的口号与美妙的承诺中长大，长大后仍然两手空空。除体制的因素外，观念的因素仍然阻滞着社会的进步（我指的进步主要是人的被尊重）。在中国，人一做官或管事，第一件事就是分清你我。“你我”包括上下、尊卑、内外，包括求与应。与此相关的是行与否、通与堵。从来就没有人想，我要为你们服务并借此谋生。官员可以独立于别人的诉求之外生存，而市场经济的核心是在别人的生存中获取生存，在别人较好的生存中获取较好的生存。商家生存的理念是服务，波音公司已把企业形态从制造业改为服务型企业——为别人提供空中运输服务设备的企业。企业爱讲一句话：核心价值观。不同的企业有不同的核心价值观，但所有的核心价值观说白了就是一句话：为用户提供最好的、最有特色的服务，以此获取最大的利润。

人们常盯着企业的利润不放，忽略了他们的竭尽心智的服务。反观政府官员，既无利润，也无服务，仿佛没做错什么。然而，政府官员的生活费用中已经包含了社会公共财富提供给他们的薪俸，即纳税人在集体养活着他们。官员为社会服务是本分，不服务则是蛀虫。但政府的事情说起来比这复杂得多。各种规章制度使他们可以藏身迷宫之中，让你说不出什么。而且，为社会服务并不是为你一个人服务，等等。我在这里说的是，在观念上，企业比政府更具备服务的需求，而市场经济会像八爪鱼一样，以其无孔不入的形态早晚会把服务的理念推向社会尽可能深的层次之中。

我想起一件事。几年前，我到管区派出所办一件事，此事属于法规规定可办之列，而我各种文件一应俱全。按规定，办事的警员要在半个月之内、办事人到达两次之内办完，否则视为拖延，警员离岗培训。我在半年内跑了十几次，接待的老大姐和颜悦色，然而不办。我熟知此事程序，有空就去，想看看她到底能拖到什么时候。先说明，她的“和颜悦色”是上级的要求，并非我偏得；而办一件具体的事到底应该需要多长时间，上级无法规定，因而我怀着社会调查工作者的心态不断奔波。后来，我不能再拖了，也不想投诉她。建议她把批件交给我，直接去分局审批。她说很好。我在分局半个小时就办完了此事——不光我，任何人都如此。

这么简单的事，老大姐为什么不办呢？她的心态大约是：你一来就想起此事，好言搪塞；把人劝走之后，此事又搁置无期，最令人赞赏的是其和颜悦色。这不光是敷衍或不敬业的问题，而有一种顽固的观念盘踞心中：我凭什么为你办事？许多在政府供职的人，根本就不存在“敬业”这一说。对“业”，按说他们比任何人都敬，喜欢与崇拜这一职业，但一换上制服就结束了。他们敬的是自己的职业，主要是“职”，不干别人的“业”，更没有将其理解为敬用户、敬老百姓。在这里，我再提一下“成本”这一概念。老百姓为什么一提到办事就想到送钱？不是他们手里钱太多，也不一定是所有的官员都太爱钱。百姓们想用资金成本降低时间成本，企图采用民间奖励的方式提高官员的效率，用心良苦。

做一个好人，其所为不外是降低别人的人生成本。每个人活着都抱有一个宏大的人生计划，然后像蚂蚁登山一样一步一步接近它。虽然这些计划在别人或后人看来不甚宏大，或许渺小。假如把一个去世者的履历做一下连线统计，他们的人生目标可能是这样的：

甲：种七亩地，盖三间房子，养羊二十只。

乙：考体育学院，在中学当教员直至退休。

丙：当兵，副团转业，到地方任职，退休前升为正处级。

丁：当工人，下岗之后送报纸供孩子大学毕业。

这些目标在局外人看来如鸟儿衔枝做巢，说不上气象万千，但谁置身其中都要付出全部心血。人是不能笑话别人的，若笑话你可能比他还窘迫。就人的付出和他们的所得而言，一生的目标也许付出半生就够了，但成本，即困难妨碍了他们的进程。我们这个社会太多强调“困难”的绝对性以及永恒性，太多赞美人在困难面前的不屈不挠，而很少反思社会包括我们每个人为降低别人的成本做了哪些事情。与其赞美那些在克服困难中创造了奇迹的人(如上访一千二百八十五次)，不如帮别人做成一件小事。“己所不欲，勿施于人”，孔子话的本意是推行“恕”，其中也包含了降低别人人生成本的意思。甘地：“勿以暴力抗恶”，说的也是尽最大努力降低冲突的成本。所谓的好人都是降低别人人生成本的人。雷锋所做的事情，你可以视之琐屑，但不能讥之人格琐屑。他尽了他的能力，帮助别人使其感到快捷与满足。孔繁森、南丁格尔都是如此。

人如果有这样一个想法，我认为决不幼稚，那就是：尽每人每日所能，帮别人一个忙，让他早日实现人生的宏大理想，整个社会会由此加快发展速度，活一百年能顶二百年。而我们竟无损失，不过做了一些应该做的，愿意做的、小小的帮助别人的事情而已，且不去管彼此认识或不认识。

（摘自《读者》2003 年第 19 期）

种植太阳的村落

四　木

有这样一群人，是父母却手戴镣铐；有这样一群孩子，有双亲却比孤儿更伶仃。

当警车呼啸而来时，当犯罪嫌疑人的双手被锃亮的手铐牢牢铐上时，当我们为“罪有应得”如释重负时，我们是否注意到无人的角落，那些瑟瑟发抖的小小身体和含泪的眼睛？还有，高墙与铁窗，子弹与镣铐，阻隔了罪恶，可那血乳亲情又该何去何从？

当童心遭遇罪恶，当亲情身陷囹圄，于是，便产生了一处盲区。幸好，爱心如草根，离离原上，风吹又生。

破晓，农田里冒出几排伶仃的身影，偶尔不安分地打闹几下，竟是一群孩子。领队是一位上了年纪的女人，动作麻利熟练，显然干惯了农活。

晨曦微露，天光渐红，却有几块黛色云彩翻滚过来。女人仰脸看看天，冲孩子们挥挥手，大家立刻加快动作。

他们在种黄豆。每人端一只小碗，把一粒粒黄豆摁入松软的泥土中。终于，落雨前，就连最小的孩子也种完一碗，一群人尖叫着跑出农田。

田头是一个油饼摊子。孩子们簇拥过去躲雨，看着喷香的油饼，悄悄吞咽口水。女人注意到了，于是大声招呼："一人两个油饼，张奶奶请客！"顿时，冷冷清清的油饼摊子炸开了锅。女人笑在眼里，疼在心上……

雨渐渐停歇。女人带着孩子们沿公路回家，排着长长的队伍，大手拉小手，唱着欢快的童谣。家在前方的榕树下，树身上有三个鲜亮的红字——"太阳村"。对于太阳村来说，这只是一个再普通不过的清晨。

当童心遭遇罪恶

北京，顺义，板桥。和中国很多乡村一样，板桥也没有逃脱被都市文明同化的命运。公路修得笔直，上面呼啸着进京的各式车辆，诗意的田园风光正被现代工业飞速侵吞。

站在路边，随便打听，就连菜农都能随手指出太阳村的方向，足见它的赫赫声名。尽管如此，当它蓦然出现时，我仍然吃惊不小——

一棵大榕树，忠心耿耿地把着门；满园的太阳花竞相开放；草地上是十多幢五颜六色的简易小屋，周身绘满富有童趣的涂鸦；菜园子丰收在望，茄子紫得发亮，豆角顺着架子逶迤而下；浓荫中点缀着色彩明亮的滑梯、秋千、玩具屋……

像一个回归的梦，更像安徒生的童话王国，只是主题无关王子公主，而关乎"罪"与"孩子"。

太阳村，全名"太阳村儿童教育咨询中心"，是一家无偿救助服刑人员无人照顾的未成年子女的慈善机构。从 1996 年第一家儿童村在陕西创办伊始，11 年来，已在江西、河南、辽宁等地成立 6 个儿童村，共救助服刑人员子女一千余人。

时值暑期，所有孩子都被带去枣园小吃城进行大排档演习。采摘季节即将来临，越来越多的人来太阳村献爱心，摘枣子。于是太阳村便组织孩子们在枣园为大家提供餐饮服务——自助形式，每人 100 元，其中包括认领枣树的 50 元和餐费、采摘费。而这也是太阳村颇受争议的“商业化”话题之一。

在果实累累的枣园，远远地，我便看到村长张淑琴被里三层外三层的孩子簇拥着。尽管年近花甲，但多年的警官生涯赋予她的那股豪气犹在。顶着毒辣辣的日头，面对一大锅沸腾的面汤，满头大汗的她系着围裙，挽起袖子，为孩子们做油泼扯面。她的手粗糙厚实，因经年劳作，上面纵横着千沟万壑。

一拨孩子刚走，又一拨更小的孩子围过来，“奶奶，奶奶”喊个不停。于是她又把西瓜切成小块，一一放进众多小手里。

一派生机盎然。可谁能想到，这些无忧无虑的孩子曾与“死刑”“死缓”“无期徒刑”等字眼密切相联。还有，童车里那对人见人爱的 4 个月大的双胞胎姐妹几天前才被贩毒的父母弃如敝屣；凉棚下玩水枪的男孩曾经忍受整整一夜母亲用锯子肢解父亲尸体的“吱吱”声，他瑟瑟发抖地欺骗自己：“不怕不怕，那只是老鼠在磨牙。”

当梦想照进现实

让我们回到 15 年前。那时，张淑琴还是一位一级警督，负责陕西省监狱局的内部刊物《新岸报》。作为男人世界中的铿锵玫瑰，她的世界粗细交织。若不是那两次意外采访，或许她会成为优秀的作家，尽享文字带来的欢愉。

那天，她采访一名被关禁闭的女犯。谈及受罚原因，女犯悲愤地反问：“我为什么要改造？可能我前脚刚出监狱，儿子后脚就跟进来。”

再三追问下，张淑琴得知女犯的儿子因无人看管，染上偷盗恶习。于是母亲心灰意冷，再也无心改造，索性打架哄监，破罐子破摔。

还有一次采访中，一位男犯突然说起孩子。由于他的妻子也在监狱服刑，几个孩子只好由老母亲看管。说着，男人的眼泪刷刷地往外涌。

张淑琴大恸，当即许诺去看望孩子。然而，当她辗转找到孩子们时，还是被眼前的景象惊呆了。那是山沟里的一个小窑洞，家徒四壁，野草丛生。七十多岁的老太太患了重病，咳嗽不止，老大因生病无钱救治身亡，老二胳膊骨折听天由命，老三的牙齿被人打掉。而那破窑洞更是岌岌可危，随时都有被雨水冲塌的可能……

回到家，张淑琴一夜未眠，一连串影子在她眼前晃动着。她真真切切地看到由一个服刑人员引发的一连串社会问题，以及波及老人和孩子等方方面面的灾难。这如同一个巨大的社会黑洞，但人人都避而不谈。

我国《监狱法》规定："罪犯不得携带子女在监内服刑。"然而在中国贫困地区，绝大多数服刑人员子女面临无人看管、流离失所的困境，要么早早夭折，要么成为社会隐患。思前想后，张淑琴决定帮助这个特殊群体。她说："很多东西可以等，但孩子们不能等。对他们，我们不能说'明天'。"

1996 年，张淑琴自筹资金创办儿童村。当她根据服刑人员提供的地址千辛万苦找到孩子时，却没人相信她。有人认为她贩卖儿童，更有人对她威胁恐吓。

有一次，她去寻找一对小姐妹，车子刚一开上秦岭，就遭遇暴雨和泥石流。坡陡路滑，她和朋友在雨水中推了整整一夜车，然后在山沟的泥泞里跋涉 5 里地才找到正在放牛的小姐妹，并把她们背出大山。事后，知情者说，如果她晚到一天，小姐妹便已被人贩子卖掉。

除了找孩子，筹集资金的过程也苦不堪言。那段时间，她经常奔走于大小企业间，几近沿街"乞讨"，甚至被封为"丐帮帮主"。一天，为了见一位老板，她硬是穿着警服站在人家门前等了四个多小时，即便这样，她也仅说了三句话就被赶了出去。对方说："如果是为烈士子女，我们立刻掏钱，但若是为罪犯子女，有钱也不给！"

每每听到这样的话，张淑琴便热血上涌，流着泪与对方争论："你可以不给钱，但不能歧视孩子。如果可以选择，孩子们也愿意从阔太太的肚子里生出来!"

依我国现行救助政策划分，服刑人员子女不是残疾儿童亦非孤儿，因此残联不管，福利院不管，民政部门更无暇顾及。于是，这个特殊群体便成为社会救助的空白，不仅享受不到关爱，还饱受歧视甚至仇恨。就连张淑琴的行为，也被质疑甚至讥讽。四处碰壁后，很长一段时间，她把自己关起来，不愿意面对冷酷人心。但听说女犯们由于想念孩子而越狱甚至发疯，她最终咬牙挺了过来。这一挺，便是十多年。

当太阳面临非议

为了募集更多的资金，扩大儿童村的影响，2000 年，张淑琴决定在北京成立太阳村。初进北京，她住过剧组库房、黑店甚至寄人篱下；确定顺义地址后，她和女儿拿着镰刀把五十多亩荆棘地辟为平地；当募集资金无果时，她差点变卖西安的家产；当六十多个孩子入住漂亮的太阳村时，她自己却累得虚脱入院……

由于挂靠单位迟迟无法落实，头几年，太阳村始终处于动荡不安中。到了 2004 年，她不得不以法人身份向工商部门申请注册，以企业形式缴纳税费，太阳村才终于得到了暂时的安定。

目前，北京太阳村的孩子有一百二十多名，来自全国各地，年龄从 4 个月到 18 岁不等。由于无人监护，这些孩子有的流浪，有的沿街乞讨，有的长年遭受性侵犯。在长期的歧视和冷落中，他们大多有心理阴影或者沾染上了恶习。

一次，一个男孩因偷盗受到批评。男孩不服管教，甚至以跳楼相逼，急得大家不得不在地上铺满棉被，以防摔出人命。还有一次，一个孩子因犯错偷偷溜出太阳村。零下十几度的冰天雪地里，张淑琴和“爱心妈妈”骑着自行车沿着公路找孩子。苦寻大半夜后，终于在菜棚上找到了快要冻僵的孩子。“开始恨不得痛揍一顿，可一见到神志不清的孩子，差点心疼落泪，赶紧脱下大衣裹住，紧紧抱在胸口……”

除了教育，资金更是令张淑琴头痛。太阳村每年的开销在一百万元左右，光孩子们的学费就有十多万。为了减少对社会捐助的依赖，从 2002 年起，张淑琴率领大小“村民”自办产业，比如种植 3 万株枣树，创建太阳村枣业基地；承包农场种植蔬菜、黄豆等经济作物；不定期开办小集市，搞餐饮服务；通过爱心认树、义卖、开发公益旅游等方式弥补资金短缺。与此同时，张淑琴还细分太阳村慈善工程，大到一幢爱心小屋，小到一棵树苗，都采取认领方式，挂上捐赠者姓名，借此吸引企业和爱心人士的积极参与。

经过十多年挣扎，孩子们终于茁壮成长。渐渐地，这里走出了技师、大学生，甚至还有一名死刑犯的儿子在太阳村的培育下成为优秀的艺术工作者，作品被国家博物馆收藏。与此同时，太阳村的影响也逐渐扩大，影视明星来了，企业家来了，政界人物来了，各国媒体来了，甚至瑞典王后也来了……太阳村在享受如潮好评的同时，也遭遇了种种诟病，比如过度“商业化”、过度“经营性”；比如孩子们接触太多商业活动，会耽误学习，产生攀比心理；更有人调侃张淑琴，由“丐帮帮主”变成了“社会企业家”。

对于种种荣耀与指责，张淑琴一笑置之。在她看来，与其做无用的辩白，不如到田间栽一株幼苗更实在；与其戴上沉甸甸的高帽，不如听孩子们的笑声更满足；与其争论太阳村的意义，不如齐心协力让太阳村在地球上消失更有价值。正如她时常吟诵的一首诗：“人生到处知何似，应似飞鸿踏雪泥。泥上偶然留指爪，鸿飞那复计东西。”

相关链接：传统的 NGO 定义方法是看是否符合“六性”标准：正规性（合法的注册身份）；独立性（独立于政府机构，也非政府官员参与领导）；非营利性（不为拥有者积累个人财富）；自治性（有不受外部控制的内部管理程序）；志愿性（活动和组织管理都属于志愿参与）；公益性（服务于某些公共目的和为公众服务）。

NGO 和政府在很大程度上应该相互补充，共同促进人类生存环境和生活环境的改善，而非为政府拾遗补阙。而就中国 NGO 的现状来说，其大多数承载的功能都是在给政府埋单，比如助学、扶贫、重大疾病救助等，而这本应该是归入社会保障体系的。这其中除了我国国情的因素，还有一个很大的原因是很多 NGO 组织对于自身的定位不够清晰。

司法部门提供的数据显示：我国共有 60 万服刑人员子女，目前得到救助的仅是极少的一部分。

据太阳村统计：子女被儿童村救助的服刑人员，98%以上获得减刑或有立功表现。

2006 年 1 月，中央社会治安综合治理委员会联合全国妇联等部委共同发出《关于开展“为了明天——全国服刑人员未成年子女关爱行动”的通知》，标志着服刑人员未成年子女的关爱工程正式启动。

（摘自《读者》2007 年第 9 期）

尊重人性，制度才有意义

雾满拦江

1

朋友讲了一个笑话，说有个小伙子，骑辆破摩托去什么地方，路况不好，结果“哐啷啷”一声，油箱盖还是什么部件，被颠掉了。

小伙子急忙下车去捡，不料被一个老太太抢先捡起来，她不肯还给小伙子，非说自己捡到的，就归自己了。小伙子好说歹说也没效果，只好报警。

警察来了，也拿老太太没办法，反过来劝小伙子认了吧。这时候高潮来了，只见老太太蹒跚地走到社区废品收购站，把油箱盖卖了 5 毛钱，然后拿钱走人了。收废品的大哥，又把油箱盖还给了小伙子，事情这才解决。

2

几年前，我在车上遇到个西部人，大家一起说笑，说起他家乡是古都，地下文物极多，随便在自家院子里挖一挖，这辈子就够吃了。

那老兄说：“哪有你们想得那么容易？盯得紧着呢。我们那儿盖房，经常会挖出古物来，有些人就会一声不响，用锄头把这些价值连城的古董捣碎。反正挖出来也不归自己，何苦来着?”

听他这么一说，当时我们心里“咯噔”一下，脑子里想象着无数被捣毁的古物，心疼至极，一时不知该说些什么。

3

今年5月份，四川彭州市通济镇麻柳村村民吴高亮，在自家门口的承包地里发现了一根罕见的巨形乌木，原本以为这是笔不小的横财，但当地派出所认为吴高亮私采滥挖地下矿产。政府的态度很明确，这块乌木属于地下文物，必须收归国家所有。

但如何处理这烫手的宝物，当地政府也没主意，只能打报告向上级请示。可始终不见上级回应，于是这件事，就成了没有结果的烂尾新闻。

两个月后，广东有位林先生，从东江捞出了44根疑似乌木的木头，可木头刚从江底被捞出来，林先生就被人举报，说他“倒卖古木”。

林先生打捞上来的疑似乌木被扣留，经有关部门鉴定，发现确是稀世珍奇乌木。当地政府发布通报称：为了表彰林先生上缴国家文物的举动，特给予个人奖金5000元，并颁发荣誉证书。

媒体报道称，调查表明，90%的读者认为，挖掘或是捡到的无主之物不归自己，这么规定不合理，可合理的规定又该是什么，大家也说不清。

4

制度经济学告诉我们，无主之物就意味着无责任，只会带来对资源的极大毁坏。谁也不会珍惜那些产权不明确的东西，这是人类的天性，不是一纸规定，就能把人变成圣人。只有尊重人性，制度或规定才会有意义。

大概是三年前，韩寒去台湾，把钱包丢了，但很快就找回来了。然后蒋方舟去台湾，也把钱包丢了，也很快找回了。

又不久，一名杭州男子去台湾，也学着韩寒、蒋方舟丢钱包，这次没找回来，只好垂头丧气地回家——但他回到杭州时，发现钱包已经给他寄回来了。

起初大家感叹台湾人民道德水平就是高，后来才有人发现，台湾和大陆的法律完全是不一样的。大陆这边要求人人做道德君子，要拾金不昧，昧了就要接受道德的谴责。而台湾那边则不然。

台湾民法规定，捡到丢失物品之后，6 个月内有人认领的，拾得人应将物品归还，但拾得者可向失主索取物品价值十分之一的报酬。同时还规定，如果丢失物品的是贫困户，这十分之一的报酬，还应减免。至于对方是不是贫困户，报酬是不是可以减免，如果有争执，这事可以上法庭解决。

这条法律的意义，就在于考虑到人性。占有是人性中无法抑制的本能，但如果捡拾者能够拿到报酬，而且还让自己成为一个好人，这就弥补了捡拾者的巨大心理落差。

5

现在国学火热，但从这些事情上来看，这种热只是虚热、叶公好龙式的热，我们中有些人，根本无意在现实中践行国学。

比如说，孔子的弟子子贡，是个土豪，有钱、任性。他在外边做了善事，不取分文，结果孔子骂他："你无端抬高了道德门槛，把贫穷的善人阻拦在行善的门外。"

此前，贫穷者在行善中，因为获得酬赏而弥补了经济损失，所以他们会行善不倦。但现在被你一搅和，行善的门槛高到了只能付出而一无所获，这让贫穷者还如何做得起善事？

而孔子的另一名弟子子路，救了一个落水的农夫，农夫把牛送给他，作为救命之酬。子路牵牛而归，受到了孔子的表扬。子路懂事，他做了好事，获得了报偿，此后人人都愿意效仿他做好事。长此以往，这个国家的社会风气就会好起来。

6

1788 年 1 月 18 日，一艘英国战舰，把 700 多名恶行累累的犯人，押送到了不毛之地。此后 80 年，英国陆陆续续又流放了 16 万犯人到这里。多年后，这里崛起了一个富裕而令人羡慕的国家——澳大利亚。

哪怕是一群流氓，也能够建立起一个文明的国家，只要制度合理。

制度是国家的良知，规则是群体的智商。好的法律，能够激发人心中的善。好的规矩或法律，具有三个基本特点：第一是简单可行，第二是符合人之常情，第三则是能够有效疏理人际关系。人的天性是相同的，入尧舜之国则为尧舜，入桀纣之国则为桀纣，能够于逆流之中保持自身高洁情操的，是稀有物种。

（摘自《读者》2015 年第 24 期）

我知道自己丢失了什么

黄复彩

沿着荒芜的古徽道走了将近两小时，才看到人家，然而却不是我们此行的目的地。

这是一个只有三四户人家的小村庄，我忘了村名。有人在山边采茶，狗吠着，空气中弥漫着烧粪的幽香。很想坐下来喝一口水，但前面的人催着说："得赶紧啊，还有很长的山路要走。"这时，一个四十来岁的女人很快向我们走来，女人的手中握着一张小小的纸片，问我们说："请问你们是记者吗？"我们觉得很奇怪，这女人怎么知道我们这一行是记者的呢？问她有什么事，女人便把手中的纸片向我们展示。纸片已经破损，那上面用圆珠笔歪歪扭扭地写着几行字，看了几遍，终于明白，大抵是说她儿子在浙江温岭打工，曾借给别人一笔钱，可前去讨钱时，却被对方打了一顿。她儿子不服这口气，邀集一帮同乡去打架，导致对方一人重伤，当地公安遂以故意伤害罪将她儿子抓捕入狱，至今已一月有余。

女人说："我儿子是冤枉的，记者同志，求你们帮帮我好吗？"

我们说："我们只是本省一个地市小报的记者，浙江温岭发生的案子，我们哪问得到呢？你还是去找浙江温岭的记者吧。"说完，我们就走了。走了很远，回过头来，看到那女人仍站在那山路上，眼巴巴地看着我们。看着女人失望的身影，忽然觉得有哪处不妥，却又想不出错来，于是坦然，继续追赶前面的人。

很快忘了这件事。回家后上班，看书，写作。偶尔读禅宗公案，这是我喜欢的事。忽然读到慧能与石头希迁的一段事。慧能在五祖弘忍处得法后，在南方的山林避难多年，终于在曹溪开坛演法，弟子云涌。后人称之为"曹溪一滴水"者，是说凡到过曹溪向慧能问过法的人，哪怕只得到一滴水，也得到了犹如太阳一般的辉煌智慧。

当时有一个叫希迁的和尚，直到慧能临终时才辗转来到曹溪，慧能虽见希迁为大根器，却无力施之于法了。希迁哭着说："师父圆寂后，我去何地问法？"慧能说："寻思。"说完就真的圆寂了。慧能圆寂后，希迁整天都坐在山门前苦苦寻思，仍不得究竟。后来有一个小和尚问他为什么整天坐在那里发呆，希迁便把慧能的话告诉小和尚。小和尚说："傻瓜，师父是让你去江西青原山找他的弟子行思大师去啊。"希迁恍然大悟，于是立即来到江西，师徒二人有一番对话。

青原行思：从哪儿来？希迁：曹溪来。

青原行思：既从曹溪来，可曾得到什么？

希迁：去曹溪前也不曾失去什么（心性里的东西，那是人人都有的）。

青原行思：那你为什么还要去曹溪呢？

希迁：我不去曹溪，又怎么知道自己从来就不曾失去什么呢？

这是禅宗史上一段著名的公案，不料再读它时，忽然想起那条古徽道上的中年妇女。想着她握着那张小纸片，守候在山边路旁，怀着一丝渺茫的希望，为了儿子，一遍遍地向进山来的人询问："请问你们是记者吗？""记者同志，求你们帮帮我好吗？”从那张破损的纸片来看，我们不是她第一个询问的人，那么，她的失望又该有多少次了呢？走进那样一座大山里的记者并不会很多，那天当她终于知道我们是真正的记者时，心里的激动可想而知，然而我们给予她的仍然是失望。

现在想来，我们完全可以再多逗留一会儿，告诉她这不是什么大不了的案子，最多，孩子得到一次人生的教训。我们还可以告诉她要弄清案件真相所必备的程序，或者，我们再耐着性子，替她把那张纸片上的内容重新整理一下，以便其他能够帮助她的人看得更加清楚。但我们却走了，我们去追赶自己的目标，追赶自己的欢乐去了，而把一个母亲的期待生硬地扔在那条山路上。

这些年来，每当听到有人批评我们的新闻时，我总能聊以自慰的是，我从来没写过一篇失实报道，我甚至曾冒着极大的风险，替108户农民打赢了一场民告官的官司。就像那个石头希迁一样，我觉得自己从来都没有丢失什么。然而在那条古徽道上，我终于知道自己丢失了什么。

（摘自《读者》2008年第6期）

庄重的法袍

崔　隽

脱去庄重的法袍，史久镛是一位普通的老先生。

不过，国际法官的素养和习惯在史久镛身上仍然有迹可循。为了表示对来访者的尊重，即使在家里，他也要穿上熨帖的夹克和衬衫，再配一双光亮的皮鞋，白发梳理得一丝不苟。对哪年哪月哪件案子的记忆仍然清晰，打了一辈子交道的英文法律词汇常常脱口而出。

93 岁，史久镛的年岁比联合国国际法院（以下简称国际法院）的历史还要长。从外交部法律顾问到中英香港问题谈判工作组成员，再到国际法院法官、院长，他说自己的人生经历，恰恰也是中国在国际法领域发展的一个缩影。

放大镜和录音笔不离手

庆祝改革开放40周年大会在人民大会堂举办那天，史久镛没有到现场领取改革先锋奖章。家人说，已经年逾九旬的史久镛，如果到现场参会，身体确实会有点吃不消。

那枚奖章现在就摆在史久镛家客厅的陈列柜里。“我没想到国家给我这么高的荣誉，做梦也没想到。”坐在记者面前的史久镛重复了几遍“没想到”。

这些年，从国际法院退休的史久镛常常为外交部提供法律意见。上了年纪，腿脚不如从前麻利，他常用口述录音的方式将咨询意见送给有关部门做参考。放大镜和录音笔成为他不离手的工具。

2013年，菲律宾不顾中方强烈反对，单方面将中菲南海有关争议提起国际仲裁。2016年7月12日，临时仲裁庭对南海仲裁案作出“最终裁决”，妄图否定中国在南海的部分领土主权和海洋权益。整个过程中，中方态度鲜明：对于仲裁，不参与，不接受；对于有关裁决，不接受，不承认。

当时，史久镛认为所谓的南海仲裁案仲裁庭对中菲南海有关争议并没有管辖权，这是原则性、根本性的一点。当“裁决结果”公布时，中方发表《中华人民共和国外交部关于应菲律宾共和国请求建立的南海仲裁案仲裁庭所作裁决的声明》，郑重声明，该裁决是无效的，没有拘束力，中国不接受、不承认。

对于当前的国际形势，史久镛也很关心。谈到中美贸易争端，史久镛用了“艰巨”二字来形容。“贸易争端涉及国际法与国际规则。美国依据‘301调查’对华采取的单边贸易报复制裁并不具有国际法依据，有违WTO（世界贸易组织）基本原则中的国民待遇与最惠国待遇原则，完全违反了自由贸易的精神，也与WTO争端解决机制的多边体制相悖。”

中美贸易争端拼的是实力，但打的是规则。“这次我们的态度很鲜明，外交部不是说了吗，我们不愿打，不怕打，必要时不得不打。从国际法的角度出发，这些年中国正在利用国际法与国际规则处理国际争端、规制其他国家的违法行为，以保证自己的国家利益不受侵犯。”

“正是因为中国，我才能有这样的机会”

在史久镛家的陈列柜里，有一个刻有铭文和法官签名的纪念银盘，签名特意按照当时在职法官的资历排序。这是 2010 年史久镛卸任国际法院法官时收到的告别礼物。“对我来说，它代表着我人生中一段重要的经历，十分珍贵。”

1978 年，邓小平在《解放思想，实事求是，团结一致向前看》这一重要讲话中，提出“要大力加强对国际法的研究”。此后，一批国际法学人走向世界。他们活跃的身影被视为中国在国际法学界受到重视的标志。

1993 年，史久镛当选国际法院法官。同一时期，王铁崖、邵天任、端木正和李浩培当选国际常设仲裁法院仲裁员，赵理海成为国际海洋法法庭的法官。

国际法院要就国家间的争端行使诉讼管辖权，以及就联合国有关机构提交的法律问题发表咨询意见，行使咨询管辖权。被提交至国际法院的案子，均涉及复杂的法律问题和领土主权等国家核心利益，因此法官的工作非常繁重。

“双方的起诉词、辩词摞在一起有一米多高。”史久镛张开手臂比画了一下。那时他每天从法院回到家，吃饭之前要在床上躺 20 分钟以休息调整。

开庭那一天是最忙碌的。随着礼宾官一声“La Cour（开庭）”，15 位大法官身着法袍，依次从侧门进入大厅落座，法院正式开庭。上午法官们要听取双方律师的辩护，下午庭审辩词会以复印文本的形式送达法官桌上，法官要在下午进行阅读分析。

2003 年，77 岁的史久镛高票当选国际法院院长，成为首位担任院长的中国籍法官。时任中国外交部部长唐家璇向史久镛发了贺电：“您的当选，是国际社会对您卓越学识和公正品格的肯定。这是您个人的荣誉，是中国法学界的荣誉，也是我们国家和民族的荣誉。”

担任院长期间，史久镛参与审理了 16 宗案件，创下迄今国际法院院长审理案件数量之最。“国际法院的法官是来自各国的法律精英，他们都有‘我是天下第一’的自信姿态。如何形成判决，当院长的就得仔细听，要考虑怎么引导大家，最起码要形成一个多数意见。”

史久镛最近正在关注中东局势。美国继续增兵中东地区，伊朗宣布突破浓缩铀存量上限，波斯湾上空弥漫着紧张的空气。在国际法院工作时，史久镛对美伊之间的复杂关系深有体会。2003 年，他还负责审理了伊朗诉美国石油平台案。

此外，以色列隔离墙案也是史久镛审理的经典案例。自 2002 年 6 月起，以色列沿以巴边界线及占领区修建了高 8 米、长约 700 千米的安全隔离墙，摧毁了 140 栋房屋，影响到 87.5 万巴勒斯坦人的生活，令来自 400 个家庭的 2300 多人流离失所。

经过 5 个月的法庭审议，2004 年 7 月 9 日，史久镛在国际法院司法大厅宣布咨询意见：以色列修建隔离墙违反国际法，应终止修建，同时拆除已修建的隔离墙。

“关于隔离墙的咨询意见，影响之大，直到现在，阿拉伯国家的大使一见到我就说，在你手下作出的隔离墙的咨询意见公正合理，现在阿拉伯人民还把你看成英雄。”史久镛说。

在国际法院的答疑手册上有一句话：国际法院的大法官一旦当选，就不再代表他们各自国家的政府，他们的首要职责就是保证绝对公正。“我在国际法院的唯一身份就是法官，我的法律信仰就是按照现行的国际法从事审判。任职那么多年，中国政府从来没干预、影响过我，没问过我对某个案子怎么看。”史久镛说。

但是，在国际场合不讲不利于祖国的话，是史久镛一直坚持的立场。有一次，史久镛参加一名英国法官的家宴，一个荷兰少数党人问史久镛：“我看了您的履历，1954年您回到中国，我不理解，您当时难道不知道中国国内的政治环境吗?”这是一句别有意味的发问。

“我的回答很简单——如果我留在美国，你觉得我现在能坐在这里，以国际法院院长的身份和你交流吗？我甚至连法官都当不上。正是因为中国，我才能有这样的机会。”史久镛说。

“中国对香港历来拥有主权”

1984年12月19日，《中华人民共和国政府和大不列颠及北爱尔兰联合王国政府关于香港问题的联合声明》（以下简称《中英联合声明》）签字仪式在人民大会堂举行。史久镛在现场近距离见证了这一历史时刻。

20世纪80年代，随着中国逐渐融入国际体系，外交领域急需具有国际法背景的专门人才。1980年，史久镛调入外交部条法司担任法律顾问。两年后，时任英国首相撒切尔夫人访华。此后，中英两国就香港回归问题开始了共22轮的漫长谈判。

史久镛是谈判工作组和中英联合联络小组的中方法律顾问，参与了《中英联合声明》的3个附件——《中华人民共和国政府对香港的基本方针政策的具体说明》《关于中英联合联络小组》《关于土地契约》的起草工作。

在《中英联合声明》中如何表述香港的回归，考验着中国国际法学者的智慧。英方提议，声明中使用英方“放弃”香港的表述。但这样一来，英国通过不平等条约对香港进行殖民统治的历史就被粉饰成了英国曾在香港行使所谓“主权”的历史，实质是将英国非法取得的权利合法化，中方不能接受。经过几个月的谈判，最后的声明使用了中方主张的“交还”的表述方式。“‘交还’意味着香港是英国非法占领的，现在要还回来，意味着香港从来不属于英国，中国对香港历来拥有主权。”史久镛说。

与英方代表通宵达旦地谈判、磨合、试探、拉锯，是史久镛的工作常态。在一场关于香港民航的谈判中，史久镛担任中方首席代表，与英国交通运输部的一名司长直接交锋。谈判持续了整整一夜。最后，这名英国司长握住史久镛的手说：“尽管我们的分歧很大，但这是一次友好的谈判，没有拍桌子，与你谈判很过瘾。”

再次回忆参与谈判的这段岁月，史久镛认为最大的亮点是“一国两制”被写入《中英联合声明》，这是中国对国际法的一大贡献。

“为国家做些事、出些力”

1949年，中华人民共和国成立。史久镛在《纽约时报》上看到这则消息后急忙给家里拨越洋电话，询问家人是否安好。挂了电话，他心情激动，难以平复。

当时23岁的他正在美国哥伦比亚大学研究院公法系深造。“我记得《联合国宪章》公布时，里面有一句：国家不分大小一律平等。我成长在战争年代，学国际法就是不想再看到国家山河破碎，想推动国与国的关系建立在法治的基础上。”

丧权辱国，是史久镛最深刻的少年记忆。上中学时，史久镛一家居住在上海英租界。那时行人经过岗哨林立的外白渡桥时须向日本宪兵鞠躬行礼。“这是一种无法忍受的屈辱。”史久镛回忆道。

1950年11月28日，以伍修权为特派代表、乔冠华为顾问的中国代表团出现在联合国纽约总部。针对“美国侵略台湾案”，伍修权在安理会控诉美国的侵略行径，掷地有声。这是年仅一岁的共和国在国际舞台上的首次亮相。

“我奉中华人民共和国中央人民政府之命，代表中国人民，来这里控诉美国政府武装侵略中国领土台湾（包括澎湖列岛）非法的和犯罪的行为……任何诡辩、撒谎和捏造都不能改变这样一个铁一般的事实：美国武装力量侵略了我国领土台湾！”

史久镛坐在电视机前见证了这一幕。他看到伍修权指着时任美国驻联合国代表奥斯汀痛斥，仿佛将中国人民 100 多年的怒气倾泻而出，他只能用“震撼”来形容当时的心情。

此后，共和国的主张得到越来越多的认同。1953 年，周恩来在接见印度代表团时首次提出和平共处五项原则。中国从此确定了独立自主的和平外交路线。和平共处五项原则被视为中国对国际法的一个重要贡献。

1954 年，史久镛等不及修完博士学位，直接踏上归程。如今，隔着近 70 年的时光回望，史久镛仍然能回忆起那时急切的心情——迫不及待想看到一个新中国。“当时的愿望很朴素，就是为国家做些事、出些力。”这个念头，直到现在也没有变。

（摘自《读者》2019 年第 18 期）

精神分羊法的批判

赵国庆

史料记载，在东汉光武帝建武年间，每年岁终祭神之后，皇上按惯例要下诏赐给博士每人一头羊。然而，这却使负责分羊工作的博士总管很为难，原因在于这羊有大有小有肥有瘦。有人建议杀羊以平均分肉，另有一建议是采用抓阄的方法分羊。博士甄宇认为前者不妥，而后者更是耻辱。人们请教可有良策？甄宇便当众取了最瘦最小的一只羊，众人于是不再争执，分羊任务因此也体面完成。此事传至光武帝处令其十分欣慰，某次朝会时便问及“瘦羊博士安在”？由此，甄宇“瘦羊博士”之雅号传遍京城，相应地，甄宇的分羊法则也得到了肯定。进一步看，甄宇也正是以他的这一谦让和甘于吃亏的道德品质及其精神而名垂青史。

然而，甄宇之道德与管理法则混同了。甄宇的道德属于精神范畴，而将甄宇的道德演绎为甄宇的法则——一种处理问题、管理事务的规则，其实是“伪规则”，它不仅有很多负面的效应，甚至是根本不合时宜的。

道德约束所演绎的伪规则

管理作为人类的一种智慧活动，从最基础的层面上看，是将这一智慧规律化、体系化，从而使之易于操作，可以保证长期有效性，以及可以增强预见性。很显然，道德约束的因素在此不足以形成管理最本质、最客观的力量。

例如，就“瘦羊博士”的典故而作追踪分析即可认知，甄博士的道德精神实际上是难以彻底解决分羊（管理）难题的。因为分羊既是“惯例”，想必就不止一次。所以，第一，甄博士发扬风格化解的只是一次分羊难题，但他很难使之保持始终有效。如果下一次他不再发扬风格，这羊就明显分不下去。第二，就算甄博士愿意坚持吃亏，我们却无法保证其他人都愿意向甄博士学习，这羊就还是分不下去。第三，如果甄博士出差了，生病了，退休了，总之是他不能在场，也就无人带头挑走瘦羊，则“瘦羊博士”的法则很容易因此而失效，这羊就终于再也分不下去了。无须多论，道德约束及其精神因素之所以被视为管理的伪规则，就在于它可以解决一时的麻烦，却不能解决长期的问题。道德约束缺乏规则要素的刚性与持久性，且明显潜藏着管理失效和有效性不足问题。如以道德取代规则，以精神统揽管理，不仅使我们陷入了管理的误区，还在事实上影响着我们管理的绩效。

真伪规则在管理上的混同

有时，道德的约束似乎接近于管理的规则，也正因如此，真伪规则的混同由来已久。当然，也因此使我们的管理陷入了误区，使我们的管理绩效受到了损失，使我们的管理目的和期望步入了我们初衷的反面——期望由道德约束带来管理效益却造成了对正常管理的干扰。

再从“瘦羊博士”故事而作分析。“瘦羊博士”的道德、精神、行为及其由此而产生的有关处理分羊事务的规则，经由皇上的询问而被得以肯定，以后的工作当然应该以此为榜样而进行。然而，这一所谓的管理规则，是道德约束而并非管理约束，是道德自律而并非必须执行的管理制度，是道德期望、道德感召而并非可以顺利有效实施的管理规范。一句话，这些规则是伪规则。可是，人们不能理解这一点，即便有意见有想法也会因为最高领导者的夸奖而忽视思考，遂将道德约束混同管理规则，伪规则终于闪亮登场，真伪规则互换了身份。于是，后续分羊工作在扭曲中运行，管理的悲剧也因此而悄悄产生。因为道德约束、道德自律、道德期望和道德感召，并不能硬性约束、规范所有人的道德。不否认道德约束等道德力量所能产生的一定的社会作用且需要大大提倡，但用之于解决管理问题，却是既靠不住，也不能长久奏效的。显然，类似于分羊这样的实际工作也就很容易发生恶变。这群博士里的若干投机取巧分子很快就可以知道，不能违背领导者所肯定的瘦羊博士法则。不过，他们可以磨磨蹭蹭等“觉悟高”的“瘦羊博士”们主动挑走瘦的之后，即能够正大光明地得到肥羊。发扬风格的人次次吃亏，想占便宜的次次得到便宜，君子受到了看不见的不公正待遇，小人却在事实上屡屡获得利益好处，被误认为是管理规则的道德约束——伪规则，终于葬送了管理。

伪规则干扰的复杂性与掩蔽性

事实上，我们的管理中不仅存在着一定数量的伪规则，而且这些伪规则还有若干变种，它们是一些既不同于道德约束，也不符合管理原理，但在形式上却貌似公平公正，也极易混淆视听的约定俗成。这使得管理的规则问题格外复杂。需要说明，这些变种的伪规则在管理实践中当然也会产生一定干扰，其掩蔽性较之于道德约束有过之而无不及。

“瘦羊博士”的故事里也有这样的伪规则，如人们有关分羊的若干建议，即平均分配与抓阄等。简单看，如果不是甄宇博士的勇于牺牲、甘于吃亏的道德品质与精神，诸如此类分配法往往还有可能就是解决问题的“好”办法。说其“好”，是因为这类方法似乎具有某种程度的公平与公正，如平均分配体现了一视同仁的色彩；而抓阄的公平来自于个人的运气，抓不到“肥羊”谁也怨不得。就如越来越有人气、越来越有市场的彩票经济一般，“规则”在那儿明摆着，摸的号中彩了，千儿八百的你尽管往家带，摸不着你只能再花钱碰运气。然而，管理工作不是摸彩票，平均分配与抓阄的规则到底是伪规则，形式上的公平与公正抹杀了个体工作绩效的差别，运气方法则从现象到实质都与管理格格不入，甚至与人格不相容，无怪乎甄宇博士嗤之以鼻。

不过，这类伪规则在今天的管理活动中却不缺乏市场。奖金的平均分配早已成为习惯，管理大师赫茨伯格称之为激励因素的这项内容，终于因我们的平均使用而沦为保健因素，这无论如何是大师想不到的。年终总结大家心照不宣地“平均”自我表扬，优秀指标风水轮流转地“平均”安排，或者是抓阄决定先进名额，甚至抓阄决定由谁下岗……伪规则害苦了我们。需要提醒的是，伪规则的概念如果不能有效清除，我们更大范围内的思维与行为就难免出差错。

（摘自《读者》2003 年第 17 期）

戈壁滩上的交通规则

扬子富

几年前，我与朋友一起去敦煌。为了饱览大漠戈壁的神奇与魅力，我们决定脱离旅行团的束缚，在城里雇了一辆小型出租车自助游。为保险起见，我们特意让司机多备了一桶汽油，在晨光中，我们开始了旅行……

敦煌城像一片绿叶，悄然离我们远去，慢慢消失在沙海中，我们的四周是青溜溜的石滩，静得像在真空世界一般。戈壁的平整更让人难以置信，大概这儿是盘古开天辟地下斧的地方吧，没有山峦起伏与大河奔流，没有天与地撕裂的痕迹。我和朋友感慨着，不停地摁下照相机的快门……

但是，大自然往往在给人快乐的同时又带给人苦难。

就在我们狂飙逍遥时，车内突然涌出一股强烈的汽油味，原来，座位底下的油箱被一颗凸出的螺丝戳了个大口子，汽油早已流得精光，只剩下那熏人的气味。

司机敏感地看了看油箱，失望地摇了摇头，说：“最多能走 30 公里。”

我们急忙打开地图，不禁一惊。我们已经远离敦煌 250 公里，离最近的一个小村庄也有 160 公里。再看看两袋面包、4 瓶水和没有一丝信号的手机，司机说，弃车而走是不可能的。

我们彻底绝望了。

毒辣的太阳毫不留情地烤着大地，我们置身于热浪中，心急如焚，但又无可奈何，食物和水逐渐被消耗完了。

朋友很胖，眼看要被饿死在沙漠之中，他忍不住哭了……

司机很镇定，他双眼盯在地图上足足研究了 40 分钟，待他直起身来扫视四周时，嘴唇上已裂开了许多带血的口子。我和朋友迫不及待地问有啥办法，司机安慰我们说："你们先别急，目前只有一个办法。"他指着地图说："你们看，我们把敦煌与这个村子作一条连线，再从我们这儿作垂线，垂线代表的距离大约是 60 公里，这样我们就有希望了。"

我们含糊地点点头，拖着疲惫饥饿的身体上了车，车子又启动了，但像是走在黄泉路上一般，我们面面相觑却又无话可说……

车子"吱"的一声停住了，朦胧中有一种进了阎王殿的感觉，我知道车彻底没油了，这儿也许就是我们生命的尽头。

虽然已是晚上，但热风仍然烤得皮肤火辣辣的疼，浑身更像被抽了骨髓似的，软得直不起来。此时朋友的神志已不太清晰了。

司机两眼直盯着前方，不敢有一丝懈怠，尽管眼窝已深陷了下去。他告诉我，村庄里有拉菜的车去敦煌，他们肯定走那条直线，只要他们能够看见我们的车灯，我们就有救了。

我觉得司机很无聊，说："就算最近的距离，到这儿也是 30 公里啊，人家为了一盏小灯白跑一趟，划得来吗？"

"划得来。"司机坚定地说，"这是戈壁滩上的交通规则。"

"啧啧，戈壁滩上还有交通规则？荒无人烟的地方谁会制定交通规则？即使有，又有谁来监督执行？城市里交警满街，都管不好巴掌宽的路面，何况这是在戈壁滩啊！兄弟，别做梦了！”我嗓子里冒着烟，舌头干得像被油炸了一样难受。

“会的，我们都会这么做。”司机蛮有信心地说，眼睛始终盯着那幽深的荒漠……

时间一分一秒地过去，我的体力也逐渐不支，直到凌晨4时，东方已经发白，眼看太阳就要升起，我渐渐失去了知觉。

模糊中，突然听到司机在大声喊我，我微微睁开眼睛，顺着他指的方向，果然有一点儿星火时隐时现。司机把车灯打开，向着星火闪现的方向不停地闪着……大约过了半个小时，那灯果真越来越亮，直到出现在眼前，我居然还不敢相信，眼泪已浸湿胸膛。那是一辆拉瓜的小货车，货车司机抱来几个大西瓜，我们像疯了似的吞噬着……

“咋了？”他问。

“没油了。”出租车司机回答。

“两辆车跑，油可能不够，拖吧。”货车司机拿出钢丝绳拴在车下……

从死亡线上回来后，我一直不能平静。原来，有些规则是不需要人来制定或监督的，如戈壁滩上的交通规则。

（摘自《读者》2012年第23期）

理性与人性

赵南元

1982 年 7 月 11 日，第四军医大学学生张华，跳进粪池抢救淘粪老人而牺牲。这事当年在大学生中曾引发了一场“是否值得”的讨论。

拿起 1998 年 11 月 16 日的《报刊文摘》，看见两行大字标题：由《拯救大兵瑞恩》重提“张华救人”的讨论。

对此，梁晓声说：那场讨论是可耻的。

下午我要去给一群研究生上课，很想用这个问题测试一下学子们的“理性”水平。今天的硕士生们 1982 年还不到十岁，但他们知道张华。对于我提出的该不该救人的问题有些意外，一位硕士生小声说：“从宣传出发该救，从理性出发不该救。”看来硕士生们的“理性”水平不高，我只好暂时放下原来“授业”的内容，先来“传道”“解惑”。

“不该救的意见错在哪里？关键在于一切决策只有在事件发生之前才有意义。”说到此有几个硕士生已经明白了，点头微笑。“如果你赌输了，就认为不该赌博，赌赢了就认为应该赌博，都是不对的，因为在你决定赌不赌时，还不知道输赢。事先你只能知道各种结局的概率。如果有人落水，你不救，他会死，损失为 1；如果你去救，假设 60%的概率两人都活，20%的概率一死一活，20%的概率两人都死，损失的数学期望值是 $0\times0.6+1\times0.2+2\times0.2=0.6$。理性地选择较小的损失，当然应该去救。”到底是硕士生，到此大家都明白了。

一位硕士生问：“如果假设大学生的价值大于淘粪工呢?”其他学生立刻回答“加权”。“对了，假定大学生价值是淘粪工的两倍，救人的损失变为 0.9，小于 1，结论还是该救。其实这个计算也犯了与前面相同的错误，救人之前，通常不知道对方身份，老人说不定是著名物理学家呢，所以只能采用平均权值，大家都是 1。西方伦理学家也讨论过类似的问题：希特勒也曾落水获救，此时救人者是不是做了错事呢？当然不是。因为救人者事先不会知道被救者是希特勒，更不会知道希特勒将来会干什么。从以上算法可知，理性地决定救不救人的主要依据是成功的概率，只要成功的把握大于 50%，救人就是合乎理性的，如果成功的把握是 99.5%，那么即使你认为你的生命价值比被救者大一百倍，救人仍是合乎理性的。因此彼得大帝救一个落水士兵，未必不合乎理性。反之，假如你不会游泳，救人成功的概率只有 5%，而有 95%的可能是一起淹死，那么合乎理性的做法是喊别人来救，自己别下水。”

“按照理性行事的原则，救人之前要进行这么复杂的计算吗？紧急关头岂不误事?”

另一位硕士生问。“这种计算不过是加权求和，一个神经细胞用毫秒数量级的时间即可完成，人脑中的决策计算大多数是在无意识中完成的，意识到的只是计算结果，像是一种直觉，例如不会游泳的人对下水会有天然的恐惧感，这是无意识的理性，而有意识的理性可以对此作出合理的解释，以便相互交流。”

硕士生的欠缺恰恰在于理性水平不够高，而不是过于理性，缺少人性。理性是人性的集中表现，人性需要理性的指导。拒绝理性的“人性”是靠不住的，很容易退化成“兽性”或“神性”。

作家心目中的“人性”与普通人似乎不大一样，70年代初有一位作家找我们几个技术员座谈，想要我们帮他编一个英雄救厂的故事。几个技术员挖空心思，也没编出来，只好实话实说：“我们厂有一万多人，几乎每年都有一人死于事故，但究其原因，都是由于违反操作规程，无一例外。如果没有违反操作规程而出人身事故，说明操作规程有漏洞，总工程师是要负责任的。”作家见我们没有高招，就端出了他的方案：“一个阀门漏气起火，如果不关断，全厂就要爆炸，英雄奋不顾身关闭了阀门，自己被烧死了。”技术员们说：“阀门起火，关前一个阀门就行了，即使没有前面的阀门，也要先灭了火再关，如果因为一个阀门起火，全厂就要爆炸，肯定是严重的设计错误，总设计师是要坐牢的。很抱歉，帮不了作家同志什么忙，本厂只生产化肥，不生产英雄。”

（摘自《读者》2003年第16期）

马粪争夺案

薛兆丰

这个案子发生在1869年4月6日。原告请了两名帮工，到马路上捡马粪。他们俩从晚上6点干到8点，在马路上共堆了18堆马粪。马粪堆起来以后，因为太多不好搬运，两位帮工就回去取车，准备第二天来搬，但他们并没有在这18堆马粪上做任何标记。

第二天早上，案中的被告看见了这些马粪，就问附近巡逻的人：这些马粪有没有主人？有没有人要把马粪运走？巡逻的人说不知道。被告听了以后，觉得这些马粪没有标记，也没有主人，就把马粪运回自己家，撒到了自家的田里。

到了这天中午，两位帮工带着车过来，发现马粪没了，一问之下，才知道原来是被告运走了。于是双方发生争执，最后闹到法庭上。

鼓励创造财富，还是鼓励对财富做标记

在法庭上针锋相对的，有这么几种观点。

一是“溯源说”。有人主张，马粪真正的主人是马，也可以进一步说，马粪属于马的主人。但问题是，马的主人把马粪丢在路上，就说明他放弃了对马粪的所有权。

二是“位置说”。被告主张，马粪掉到马路上，就成为马路的一部分，而马路是公家的，所以谁见了马粪都可以拿走。原告让帮工把马粪堆起来，只是改变了马粪所在的位置，并没有改变它的所有权，因而马粪不归原告所有。

三是“标记说”。法庭上也有人主张，关键看原告有没有给马粪做标记，如果没有做标记，那就不能怪别人把马粪运走了。

四是“劳动说”。原告坚持认为，是帮工们花费了工夫，才把马粪堆积起来的，所以马粪应该归原告所有。

各方好像都有道理。但哪种观点更正当呢？如果你是法官，会把马粪判给谁？

鼓励人们创造财富，社会才会越来越好

事实上，一点儿马粪，判给谁都不重要，重要的是案件会对后代产生怎样的影响。设想一下，有两个村子，发生了同样的案子，唯一不同的是，第一个村子把马粪判给了原告，也就是堆积马粪的人；第二个村子把马粪判给了被告，也就是那个看见马粪就把马粪运走的人。这两个村子，过 50 年、100 年后，会发生怎样的变化？

可以设想，在第一个村子里，由于把马粪判给了创造财富的人，那么村

民就会有这样的预期：凡是经过人类劳动的成果，都是财富；凡是财富，就都有主人；有主人的财富是受到法律保护的。要尊重别人的财富，不能见到就拿走。只要有这样的共识，这一共识又变成传统，那么在这个村子里，人们就用不着花太大的工夫来保护自己的财富，他们因此也会更积极地去创造财富和积累财富。50 年、100 年后，这个村子就会走向富足。

在另一个村子里，法官把马粪判给了被告，那么村民就会形成另外一种预期：只要是没人看管的东西，就可以随便拿走。于是，顺手牵羊的行为就会大增，有产者花在看管财富上的努力就会变大，大到足以抵消财富本身的价值。人们不仅会丧失创造和积累财富的积极性，即便创造和积累了财富，其价值也会被保护财富的努力抵消。50 年、100 年后，这个村子就会走向贫困。

当年的法官，就是根据这个思路，把马粪判给原告的。从经济学的角度看，这个判决意味深长。

公正背后是效率考量

尊重别人的财富是一种具有普遍性的公正观，但其背后，是对效率的考量——保护产权的努力是会消耗资源的，这种消耗越大，资源的净值就越低；社会的道德规范越是能够帮助减少这种消耗，社会财富的积累就越多。

在生活中，很多人讨论什么才是公正的，背后其实很可能是在对效率做出考量。

我们不能随便把人投进监狱，除非给他一个公正的审判，否则就是不公正的——这背后的效率考量是：如果人力资本会受到随意的破坏，人们就不会有积极性去积累自己的人力资本，懒惰和无知就会成为世界的常态。

我们不能随便拿人家的东西，除非给出合理的补偿，否则就是不公正的——这背后的效率考量是：如果可以随便拿别人的东西，就不会有人积极地去爱护、积累自己的财富。

交通肇事者应该负责任，否则就是不公正的——这背后的效率考量是：如果交通肇事者不需要负责任，交通状况就会非常混乱，效率就会降低，马路的价值就会消失。

当我们讨论公正的问题时，背后的含义往往是：这是符合效率标准的。往往是那些让每个人都有积极性去积累财富的规则，或者那些让社会能够健康发展的规则，才是公正的规则。也就是说，因为有效，所以公平。

当别人在讨论到底是公平重要，还是效率重要的时候，学过经济学的人明白，公平背后往往是效率的考量，不是对单个人的效率的考量，而是对整体社会长远发展的效率的考量。

公平和效率，往往是一枚硬币的两面。

（摘自《读者》2021 年第 2 期）

生　日

王九楼

儿子快要满10岁了。

周末，我带他上街去买生日礼物。转了大半天，走得人困马乏，最后选中的是一支短笛、一本名枪画册、一部《射雕英雄传》影碟。儿子对这些东西不是十分满意，但一路乱逛下来，并没看见更可心的东西。无奈得很，只有将就。

小孩子对自己的生日都格外重视，儿子也不例外。在临近自己生日的那两三天，儿子就已经进入了兴奋状态，不断地提醒我，不要安排别的事情，不断地寻找话题，让我回忆他在婴儿时期的一切。显然，他是想通过这些让我为他的生日做好准备。为人父母的同样无一例外，更是要借此机会表达对孩子的慈爱。逢孩子过生日时，以往对孩子的一切不满，会在此时被抛在脑后；以往对孩子的一切苛责，也无影无踪了。我们家就是这样，儿子过生日这天，几乎就是一年当中这家里最欢乐的一天，这一天胜过任何节日。但这两年，儿子的生日却没有认真过过。

儿子 8 岁生日的头一天，我母亲病危住进医院，是大面积脑溢血。医生暗示说，做手术恐怕也无济于事。家里人都急得不得了，别的什么都顾不过来了，只是轮班地往医院跑，没人再有心思给他准备过生日的事情。电话里听父亲说，我母亲在家发病时说的最后一句话，就是让我父亲“把这孩子带好”，这不但是她留下的唯一一句遗言，也是她在这世上说的最后一句话。母亲的这句嘱托，让我的心颤抖。当我第二天从外地赶回家后，就带儿子去了医院，那时，我没有像家人那样顾及儿子年幼，我一心想的只是带着儿子去最后陪伴一会儿以呼吸机维持着生命的母亲。就这样，儿子 8 岁的生日，站着、看着、听着、哭着，过完了。

儿子 9 岁的生日是我陪他单独过的。白天带他去看了一场电影，晚上为他买了一个生日蛋糕，相对而坐，你一言，我一语，斟斟酒、碰碰杯，父子俩分享着冷清的快乐。想奶奶吗？想；想妈妈吗？想。他问：妈妈最近给你来信了吗？寄照片来了吗？她那里怎么样呀？我回答说：这一段没来信。可能学习很紧张，顾不上这些，等我抽空写信让她寄照片来。改天我们去一趟外地怎么样？为你多照几张相，给你妈妈寄去，好让她知道你长多高了……

那时，儿子不清楚他妈妈的情况，偶尔会向我提起，我既不愿过多地扯谎，也不想将实情告诉他，只有支吾应付一番了事。后来，儿子见我对涉及他妈妈的话题不感兴趣，也就不多问了。是不是儿子感觉到了什么，我没有试探过。因为，他不经常问我，我就觉得已经省去了很大的麻烦，我不想再去冒险，害怕假话里有漏洞被他发现。

去年，儿子知道了他妈妈坐牢的真相。我们父子间再说起他妈妈的情况时，反倒觉得轻松了不少。我每次给妻子寄信，儿子都与我一起去邮局，帮我写地址、买邮票、贴邮票。也就是在这时，儿子学会了写信。印象里，我四十多年来从未给自己的母亲写过信，但是，我的儿子却从 9 岁多就开始给他的妈妈写起了信，尽管每次只写短短的几行，但那却是他心中的一切。儿子每次写了信以后，还总喜欢与我说起他妈妈在家的时候如何如何，他妈妈对我们父子俩的评价如何如何，这一切都在明白无误地告诉我，儿子思念他的妈妈。

儿子今年的生日要不要过得热闹一些？其实，我老早就开始想这个问题。小孩子最希望热热闹闹地过生日，儿子本来贪玩爱闹，但是，与我在一起却没有太多的机会纵情嬉闹。或许是我沉重的心情影响了他，尽管我在儿子面前竭力掩饰，但我还是多多少少地感觉到了他的情绪被压抑了。我担心儿子过早地失去儿童本该有的天真活泼，过早地分担灾难给这个家庭带来的苦闷。亲戚们来了，想必能为他带来更多一点的欢笑，但是，妻子出了这样的事情，又有哪个亲戚不是因为感觉这孩子命苦而前来，又能有谁会带着轻松的心情来呢？表面的热闹场面能为儿子带来真的欢笑吗？可怜的儿子，你这个生日应该怎么个过法，真让我伤脑筋。

不管怎么样，儿子的生日不能再像去年那样冷清地过了，即便得到的只是表面的热闹与欢笑，但是，有笑声，总比没有要好。

亲戚们走了，房间里静了下来。

我从抽屉里拿出了妻子为儿子寄来的生日礼物：一封信，一张彩绘的信纸，两个用硬纸片剪成的贺卡。这是前两天收到的，我不想提前给儿子看，更不想拿给亲戚们看，害怕这些从监狱里寄来的礼物与从商场里买来的礼物放在一起时显现出其中一类的苍白。

贺卡是妻子自己剪制的，贺卡上面的画是妻子请狱友帮助画的。方形贺卡上画的是小白兔，因为马上就到兔年了。心形贺卡上画的是龙，因为儿子是属大龙的。在那张龙卡的背面，妻子写道：“最想你的妈妈，遥祝你生日快乐，天天快乐！”在那张彩绘的信纸上，妻子一个字也没有写，那上面印着的文字似乎就是她想要说的话：“寄上一纸的思念，轻递满心的祝福，一份牵系，一份关怀，你好吗？”我想，妻子这话可能是拿给我看的。若是在平时，我可能会觉得这几句话酸味过重，而在此时，我觉得它亲切。妻子力所能及的也就只有这些了，形影相吊的父子，听到遥远处最真切的心灵问候，知足了。

儿子问我："监狱里让买东西吗？"我说，监狱里也卖东西，但不卖这些东西，你的这几件生日礼物比不上买来的精致。我们家有了这段特殊的经历，你的生日礼物也变得不同寻常了，要保存好妈妈从牢狱中给你寄来的每一样东西，等你长大了以后，就会觉得这些东西格外珍贵。儿子听懂了还是没听懂，我不太清楚。他只是说了句："我想给妈妈写封信，明天你给她寄去吧。"我本来还想对儿子再说些什么，但却担心顺着这话题说下去，心会变得越来越沉重。见他起身写信去了，我暗自想，那就各自写各自的思念吧。

"妈妈：收到你的来信和生日礼物，我很高兴。我挺好的，现在是班里的文明标兵了。我画了两张画送给你，希望你能高兴。"寥寥数语，远不足以充满半页稿纸，但是，就在这几行字里，我却看到了我十分害怕对妻子说的"高兴"二字。这两个字就如同"幸福""快乐"等其他字词一样，在我是难以下笔写出来的，我没有勇气用自己的笔直刺自己的心。看着儿子写的这封信，看着这"高兴"二字，我不想去猜测，也料想不出妻子看过以后是感到鼓舞还是感到心酸。

灯熄了，躺在床上，睁着眼却什么也没有看。身边的儿子，天边的妻子，儿子的命运，妻子的长刑，儿子的教育，妻子的状态……脑子里像是在熬煮着一锅烂粥，睡不着。

（摘自《读者》2005 年第 9 期）

人情味与规则

萧淑贞

请让我从两个生活片段说起，因为这些日常的生活片段有着丰富的文化内涵，文化的不同就体现在一些平常的生活细节上。

人情味

波士顿的一个华人旅行社组织旅行团到纽约和华盛顿观光。一上车，中国人自来熟，“老家是哪里的?”“来美国多长时间了?”中国人没有那么多的隐私观念，诸如此类的话题一打开，大家一下就没有了距离，如同多年不见的老朋友久别重逢，一路上热热闹闹的，一程又一程。

返程时，旅行社为了多挣一些钱，在纽约又拉了一些客人。美国人大概也知道乘坐华人旅行社的车省钱，在纽约的中国城就上来几个美国人。这样一来，前面的中国人和后面的美国人就形成了非常鲜明的对比。

前面的中国人如同炸开的锅，人声鼎沸。前排的、后排的，左边的、右边的，聊作一团。离得远的，说不清，听不见，聊得不过瘾，就把头和身子探到过道上。冷不防，偶尔瞥见后面的美国人，个个正襟危坐，互不相干，默默地看着前面的中国人，似乎不理解素不相识的中国人为什么能够如此亲密无间——这种景象真是一幅绝好的中美文化的对比图，也让人立即明白了美国人的自由是以孤独为代价的。

在各种各样的聚会中，其他国家的孩子，包括日本的、韩国的孩子都规规矩矩，即使无所事事，也无聊地坐着，绝不胡喊乱跑。相反，中国的孩子即使比较老实、乖巧的，也会在人群中穿梭来往，嬉戏打闹。中国人到国外旅游，一群人又说又笑，大声喧哗，也被人视为“不文明”。

如果能够从国民文化的角度整体地看待这个问题，中国人其实也很委屈，并不是某些中国人素质低下，而是中国文化注重群体性和集体主义使然。你要想让一群中国人不热热闹闹地说话，不大张旗鼓地嬉闹，那简直是不可能的。也常有外国人说，在我们国家，人们很礼貌，很客气，但人与人之间没有中国人之间的那种亲密，也很难像在中国一样，交到真正的朋友——这样，我们就有理由了——你很难让人们彼此那么亲密的同时，还让外人觉得彬彬有礼。

规则与信任

在美国，还有一个场景因为对比鲜明，让我很难忘记。

在波士顿的一条大街上，有一家美国超市，附近不到 200 米处，就是一家中国超市，专卖一些中国人及其他亚洲人爱吃、爱用的东西。

我先到那家美国超市。按照国内的惯例，我走到一个类似咨询台的地方，问这里是否是存包处。说了半天，那位姑娘都没有听明白。最后，我拿出了自己的包，她才恍然大悟，忙说不用、不用，你拿着进去吧。其实，她那儿是冲印胶卷的。我想，之所以费这么大的周折，一方面固然是因为我初来乍到，英语程度还不足以清楚地表述自己的想法；另一方面，恐怕跟美国超市没有存包这项服务有关，那位姑娘根本没有这个概念，因此便更难明白。

美国的超市每周都会推出特价商品，人们专等降价的时候，拿着店内海报，挑选自己很久以前就看好的东西。等我挑完东西，已经付钱出来后，才发现这家的意大利通心粉比较便宜，就想折回去买。我想，这下应该把已经买的东西存起来了吧，那位姑娘还是说不用。就这样，我又带着买好的东西，拿了面条，带到付款台，心里忐忑不安，唯恐说不清哪些是付过钱的，哪些是没有付过的。我只把通心粉放到收款台上，手里拎着先前买的东西，眼睛盯着收银员，随时准备解释。直到交了钱，走出来，竟然没有人问。

带着被充分信任的感觉，我心情舒畅地离开了这家超市。

走了不到200米，我又去了那家中国超市。有了刚才的愉快经历，我拿着东西就径直往里走，不料，一个黑人保安拦住了我，用手示意我先存东西。一下子，先前的愉悦骤然消失。

超市这样一个最生活化的场所，购物这样一件最平常的事情，因为如此强烈的对比，让我深深体悟了中西文化的不同。

信用和信任是相互依存的。没有信用，便不会有信任，也不会有基于信任的人与人之间的相互尊重。让顾客先存包，是以所有人都有偷窃嫌疑为前提的，一开始心理上还会感到不舒服，时间长了，就麻木了。不存包，至少在形式上给了相信人们不会偷窃的信任，或者说，已经有相应的防范措施或法律准备，随便你怎么做，在明确的规则下，给了个人高度的信任和自由。

孰优孰劣

上面这两个故事貌似没有联系，但其实有着深刻的内在关联。

基督教哲学认为人有原罪，认为人性本恶，所以主张以制度与法律来约束人，并认为有了好的制度，坏人也会做好事；没有好的制度，好人也会做坏事。

中国人认为人性本善，通过道德教育，“人人皆可为尧舜”。制度不管用，再严的制度也是由人来制定和实施的，人如果学坏了，制度与法律也不过是一纸空文而已，所以中国人讲究伦理教化，以便从人心这个根本上解决问题，儒学就是教人们如何做人——做一个好人的学问。

认为人性本善，当然注重道德教化；认为人性本恶，当然注重管制和惩戒。虽然中国自古以来在各个方面都制定了详细的制度与法律，虽然西方的宗教其实也起着道德教化的作用，也就是说，无论中外古今，在社会管理上都是制度与教化并行兼施，但是，中国无疑更注重道德教化，深入中国人骨髓的是道德观念；西方更注重法律惩戒，深入西方人骨髓的是法律意识——对于人性善恶的基本认识，导致了两种不同的社会制度和文化观念。

但问题的关键是在这两个不同的系统下，个体享有的自由和对于自由的使用，有很大的性质上的不同。

在人性恶的大前提下，西方的法制系统对于人性“恶”的方面做了很多预防和遏制，在人性“善”的一面没有保证的时候，起码能遏制“恶”的一面。还因为有法律效力的确认和保证，在法律允许的规则之内，个人能够享受到来自国家和社会的最大限度的信任，从而也享有更多的自由。但是，美国的法律深入到了日常生活的细枝末节，渗透、取代了道德、生活常识甚至生活习惯的领域和职能，涉及之广令人瞠目结舌。美国法律的泛化、琐碎和繁杂，有时使法律形同虚设，复杂到了普通人根本搞不懂的地步，凡事都得咨询律师，所以，全世界80%的执业律师在美国。亚里士多德在《政治学》中说：“法律是没有感情的智慧。”法律主宰社会，把人们隔离成一个个礼貌、自由而孤独的个体，法律就成了冰冷的工具。

在人性本善的假设下，社会对个人道德教化的重视高于社会制度的构建，把社会的长治久安寄托于个人修养。另一方面，在儒家看来，“礼缘人情”“礼许变通”，人们执行规则能够充分考虑到具体情况，让人能够更多地体会到温暖，因此，在中国式的人情社会中，人与人之间更亲密。但人性远非善恶这么简单，在人性本善的认识基础上，只重视对“善”的培养，“恶”的一面得不到应有的遏制。因此，一方面，中国人处理事情随机灵活，在尽可能的范围内，就可以摆脱承诺或规范在形式和细节上的羁绊，但同时因为中国文化中缺乏严明的法治，哪些应该做，哪些不应该做，缺乏明确的尺度，人们不会在错事面前望而却步，思维在对错之间模棱两可的边缘上徘徊，这种灵活变通就容易被滋养成肆无忌惮、为所欲为，这时，这种中国式的自由便是在道德、规则之外的无限度的放纵。中国式的人情社会被人们批评最多的，就是在人性“善”的一面没有保证的时候，“恶”的一面也得不到起码的遏制。

《论语·为政》指出：“道之以政，齐之以刑，民免而无耻；道之以德，齐之以礼，有耻且格。”还有古人说：“法能刑人，不能使人廉；法能杀人，不能使人仁。”沈从文也说：“法律注重在使人不敢作恶，道德却能使人乐于向善。”这些话也将这两种文化的长短优劣揭示得一目了然。法律的冰冷和尖锐无法替代人性的柔和与温暖，烦琐的规则也势必导致人性的僵化。总而言之，在法理社会，法治虽然使人们僵化甚至冷漠，但也使他们简单轻松；在伦理社会，人们很灵活，富有人情味，却也狡黠复杂。

我们一定都向往着，人与人之间相互信任，生活自由而简单，温情而幸福。

（摘自《读者》2012 年第 15 期）

关于牛的亲子鉴定

尹鸿伟　刘　辉

“孩子”丢了

46 岁的赵文兴是云南省昆明市石林县圭山乡和合村人，一名识字不多的普通农民。

1994 年 12 月底，老赵花了 1026 元从乡里的集市上买回了一头黄母牛，精心喂养了一年多后，母牛产下了一头草白色的小牛——是欢天喜地的老赵亲手从母牛腹里拖出来的。

从那时起，老赵多了一个“孩子”，每天亲自为它梳理毛发，喂它饲料，领它到村边散步，那亲密样让村里人看了既好笑又羡慕。

按当地方圆百里几个村的习惯，到一定时候就要把牲畜赶到村后的大圭山上放养，因为那里四季常青、草料丰厚，同时也可以锻炼牲畜的独立生存能力。当地民风淳朴，极少发生偷盗的情况，于是满月后的小牛和母牛一起被老赵送到了大圭山上。逢三隔五，老赵都要爬上山去看看小牛。

转眼间到了 1998 年 8 月 9 日，老赵再一次上山去看小牛，可任凭他在山上“喔喔”喊破了嗓子，也没见到自己的小牛，而不会说话的母牛当然也说不出小牛到哪儿去了。

这可把老赵急坏了。于是从第二天起，老赵丢下了家里、地里的活，和儿子一起带着干粮绕着大圭山寻找，可是草丛中、山洞里和悬崖下都没有小牛的任何踪迹；到邻近所有村里去问，也没有任何消息。

告上法庭

1999 年 6 月 24 日，老赵偶然听人说，“这几天山上有一头草白色小牛，很像老赵家的……”

老赵立即带着儿子爬上了山。远远地，他果然看见一个熟悉的身影，于是习惯地脱口而出：“喔……喔……”

只见那头小牛愣了愣，就飞快地朝老赵蹦过来，然后用头亲昵地蹭着老赵的脸——这个熟悉的动作令他眼泪都流出来了。

当晚老赵高高兴兴地牵着乖乖的小牛回家了。

第二天，半里路外小团田村的毕万福找上门来，声称老赵偷了他家的小牛，于是事情闹到了村里。

当着大家的面，老赵问老毕：“你说牛是你家的，那你说牛角长成什么样?”

“角是四周圆圆的，顶尖尖的那一种。”

“牛的颜色呢?”

“灰白色。”

“身上有旋吗?”

“有，在脑门上有一个。”

于是老赵拉着大家到了家里小牛面前：“大家看看，牛的角是扁圆形的，颜色是草白色的（黄中带白），牛身上有两个旋，还有一个在脖颈上，根本不是他说的样子。”

面对老赵的坚持，老毕又对大家说：“平时谁会注意到那么细的地方，牛被他牵回家了，问什么他当然有了准备，但这样说明不了牛就是他的。”

由于双方都坚持自己的意见，调解根本无法进行。但老赵坚持把小牛留在家里，一来他坚信牛是自己的，二来他怕牛被老毕弄回去藏起来。

而不服气的老毕回家后也想了许多办法，于是 10 天后他向石林县法院递交了状纸，把老赵告上了法庭。

1999 年 7 月 18 日，此案在石林县法院板桥法庭公开审理。当天老赵一方只去了父子俩，而老毕一方拉去了一拖拉机人。而一拖拉机的“证人”都在法庭上证明“小牛是毕万福家的，是他家的母牛下的”。而老赵也坚持说“小牛是自己家母牛下的”，并且认为“老毕理亏，所以才叫来这么多人”。

但是法庭把牛判给了老毕，因为“老赵没有有效证据能证明牛是自己的”。拿到《判决书》后的第二天，老赵听说昆明中院的法官来到了县城，立即花了 400 多元雇了汽车和拖拉机，把小牛和母牛以及母牛后来产下的一头小牛颠簸运到了 43 公里远的县城里，“想让法官看看它们母子仨长得多么像，无论模样、神态和旋都是一样的”。

但法官们表示“这样看不懂，看不出来”，让他找有效的证据来。

老赵又急又气，牛又不能开口说话证明它们的母子关系，这要去哪儿找得到有效证据呢？事情到了这样的地步，已经不仅仅是牛是谁家的问题了，重要的还有“老赵是不是偷鸡摸狗之人”？

只有证明牛是自己的，才能证明自己是清白的。当时，不少亲朋好友和村里的人都对老赵表示了同情和支持，有人建议他找个好律师去。

亲子鉴定

1999年8月2日，老赵和老伴赵树芬带着当时家里仅有的560元现金到了昆明城里，但哪儿有好律师，他们根本就不知道，两人在高楼林立的街上转悠了大半天，没有找到律师。

第三天，老赵夫妇拿着在昆明的村里一名打工妹的地址又出发了，在那名打工妹的介绍下，老赵终于走进了一家“百姓律师事务所”。

老赵“像秋菊一般做人”的坚决态度，打动了其中的佴澎律师。但这个能够说服法官的有效证据该怎么找，也让佴律师伤透了脑筋。

“能不能像人一样为牛做亲子鉴定?!”这个大胆的想法引来了阵阵笑声。但为了寻求到科学的依据，佴律师和老赵商量后决定试试看。

云南农业大学、云南省种育站、云南大学生物系、云南省高级人民法院法医处……无数家单位部门对这样的想法和要求觉得十分特别，但又都觉得爱莫能助。经过多方努力，中国科学院昆明动物研究所终于同意做这样的鉴定，于是双方很快达成了协议，而佴律师就把这个要求写在了上诉状里，交给了昆明市中级人民法院。

昆明动物研究所副所长张亚平博士说：“为牛做亲子鉴定是一次大胆的科学尝试，我们还没有听说过这样的先例，尤其是使用在这样的民事案件中。”于是在不知不觉中，老赵的案件成了一个全国之最。

鉴定的费用先定的是1万元，后来减为7000元，研究所表示这已经是最优惠的价格了。

而这个数字对于仅有12亩山地、年收入仅3000元的老赵一家来说却实在不小，村里的一些好心人劝他，这个官司输赢难料，那头小牛最多值800元，不必花那么多钱去浪费精神了，但老赵不依。为了凑足这笔钱，老赵低价卖了仅有的100多公斤烟叶、两头不足分量的猪、家里所有的苞谷……又四处去借钱，能想的办法都想了，甚至借了 3000 元的“高利贷”。

事后据动物研究所的工作人员和昆明中院的法官们介绍：老赵交来的 7000 元钱，以 10 元的票面居多，其中还有不少 1 角、2 角的纸币和几分的硬币。

1999 年 11 月 26 日，经昆明中院委托，昆明动物研究所的工作人员在石林县法院法官的陪同下去了偏僻的和合村。听说昆明的专家专程来为牛抽血鉴定，小山村真正沸腾了，人们纷纷从四处赶来看热闹。

在动物研究所工作人员聂龙的指挥下，四名壮汉将一头头牛按倒在了地上，而戴着厚厚眼镜片的聂龙不停地摆弄着各种针管、试管、酒精和 DNA 保存液，很快对老赵家的 4 头牛（1 头公牛、1 头母牛、2 头小牛）和毕万福家的 3 头牛（1 头公牛、1 头母牛、1 头小牛）做了血样采集。

随后，动物研究所细胞与分子进化开放研究实验室采用 DNA 分析法进行了亲子鉴定工作。2000 年 1 月 7 日，研究所向昆明中院提交了一份《牛亲子鉴定报告》：争议的小牛不可能是毕万福家的母牛所生，而是赵文兴家的母牛所生。

于是，昆明中院依此据作出了终审判决：争议牛归赵文兴所有，一、二审案件受理费 300 元、牛亲子鉴定费 7000 元由毕万福承担。

2000 年 4 月 4 日，老赵拿到了判决书。

（摘自《读者》2000 年第 7 期）

我们为什么这么喜欢“抢”

曹　林

这几天感冒，去医院看病。挂号后坐着等护士叫号，可环境让你没法淡定地坐着等，因为前面有一堆人站着。一堆还没有被叫到号的人围着医生，也不知道有什么好看的，反而让医生根本无法安心看病。更重要的是，这种围观打乱了医院里的正常秩序，后面按规则坐着等号的人，会非常焦虑，担心围着医生的那些人会插队，于是只好也都起身围过去，现场就更乱了，从医生到病人都很暴躁焦虑。

正在看病的人很焦虑，觉得自己的隐私被围观者侵犯了；医生很焦虑，因为旁边不断有人打扰；后面排队的人更焦虑，总担心前面围着医生的人会插队。其实根本没必要围着医生，因为电脑会排序叫号，不可能围在医生旁边就可以插队。

当我把这种抱怨发到微博上后，没想到引发了一场热烈的讨论，很多人对此都深有体会并深恶痛绝。其实不仅医院如此，很多公共场所秩序的混乱，都源于这种“抢”。

很多人会习惯性地去“抢”，虽然这种“抢”实际上根本没有必要。比如，乘飞机登机有什么好抢的呢？乘客上完了飞机才会关舱门起飞，又不会谁先上就让谁先走，可大家都在抢着登机，完全置工作人员“后排乘客先登机”的提醒于不顾。还有，下飞机有什么好抢的？过道那么窄，飞机一降落，总有人立刻起身拿行李抢着下飞机，机舱内立刻乱成一锅粥。上火车也是如此，其实，提前半小时左右检票，时间充裕得很，有什么好抢的？可很少有车站的检票口不混乱的，人人如逃荒一般抢着挤着进，仿佛迟一点就赶不上火车了。

甚至很多人到幼儿园接孩子，也要抢，抢着站在第一排。其实没什么好抢的，就是习惯使然。大家都在抢，仿佛自己不抢就会失去什么一样。“抢”成了一种文化，成了一种融入血液和身体的根深蒂固的生活方式。

这种条件反射般的“抢”，首先是历史上的资源和物质匮乏所形成的国民性，穷怕了、缺怕了，这种惯性已经融入了文化基因。人都有老的那一天，我并没有年龄歧视，但可以看到的是，公共场所中爱抢的，往往都是上了年纪的人，超市抢购、放学接孩子、医院围在医生旁边的，很多都是老人。这可能是他们经历过那个物质匮乏年代的后遗症，源自饥荒年代的记忆，让他们总担心晚到就会吃亏。我爷爷奶奶那一辈年轻时，物质极度匮乏，吃大锅饭，排在前面的可以吃到稍稠点儿的稀饭，排到后面就没东西了，清可照人的稀饭里只剩几颗米粒儿。他们习惯了抢，虽然如今物质丰裕，但还是条件反射般地去抢，不为什么，只为心安。

再者就是对规则缺乏尊重，人们对规则被破坏有一种刻骨铭心的恐惧。因为规则一直没有在社会生活中主导过人们的行为，相反，潜规则、隐规则主导着社会，比的是拳头、关系、机巧和钻漏洞。现在突然要按规则办事了，人们总担心有人不守规则，有人会插队，有人会走后门，缺乏遵守规则的自信。无论如何都往前挤，这就导致后面的人更焦虑，于是就没规则了。

发现规则被打乱，不是去完善规则、坚守规则，或惩罚破坏规则的人，而是自己也去钻规则的漏洞。

还有就是缺乏公共意识的自私。其实，每个习惯“抢”的人，总能为自己找到一点理由，比如坐飞机时抢着登机的人，是担心行李架太小，登机晚了就没地儿放行李了，或者是为了早登机早坐下。接孩子抢着站在前面的人，是因为等得太久了，想早点接到孩子……我们为了自己的这一点便利，可以完全不顾规则，不顾破坏秩序可能给别人带来的不利。为了自身那点小利，而不顾别人之利，不顾社会秩序和公共利益之大利。

中国人多，人与人之间对资源有着很强的竞争心态，这种“基本面”也加剧了见什么都“抢”的习惯。

上周在北戴河火车站，退票窗口前排了长长的队伍，业务办得非常慢，一群人扎在窗口插队，都说“我的车快开了，麻烦让我先办一下”。都想插队，导致后面排队的人很焦虑。后面一位排了半小时的大爷实在火了，到前面挡住插队者，谁插也不行。一位大姐快跪下了：“车真快开了，孩子在外等着我。”可后面的人齐声说：“绝不让插队！”我问火车站管理者，为什么不专门开一个应急窗口，他为难地说：“如果开了这个专门针对急客的窗口，必然有很多人都围过来假装急客要求优先退票，真正着急的人还是享受不到优先服务。”

无解？

（摘自《读者》2016年第19期）

情　书

吴念真

偶尔他还是会想起20世纪60年代那种双排对坐、黄色的台北公交车，因为那种座位让他和那个女孩有长达半年的“相亲”时间，而那颜色根本就是他们爱情的象征。

那时候他在松山一家机械工厂当技工，晚上则在城内一家商工职业学校夜间部进修。高三那年的某一天，那女孩出现在他眼前。

他上车的地方是公交车的始发站，所以通常都有座位。他习惯在上车之前买一个菠萝面包当晚餐，在车内乘客逐渐增多之前吃完。

有一天，他看到对座出现了一个好看的女生，也和他一样，低着头认真地吃着面包，不过是奶油的。

那女孩之前没见过，制服上头的校名和学号，显示她念的是离他学校不远的一个女子商业学校，同样是高三。

车子渐渐驶入市区，车内逐渐变得拥挤，不过，透过摇晃的人缝，他反而可以比较放胆地去看她那好看的模样。

之后半年，每星期至少有三四天，他们俩重复着这样的路线，彼此知道对方的存在，通过她同学偶尔的呼喊，他甚至连女孩的名字都知道，但两人却连一个招呼、一个笑容都未曾交换过。

寒假看不见她的日子，他竟然会觉得失落，甚至会傻傻地想：那女孩呢？会不会跟我想念她一样想念我？

天气转暖后的某一天，在拥挤的车子里，他听见那个聒噪的同学说："啊，木棉花都开了！"然后他听到那女孩说："我好喜欢木棉花，觉得它好男人！"

那天晚上他旷了一节课，跑到仁爱路三段，趁路上没人，也不管树干粗糙刺人，他爬上一棵木棉树，连花带枝折下一整段，然后坐出租车回到公交车终点站等她出现。当他把花递到她眼前时，她看着他，没什么特别的反应，只淡淡地说："你好神经。"

第二天傍晚上车的时候，女孩走过来，递给他一个信封，然后依旧沉默地坐在对座，慢慢地吃着她的奶油面包。

教室里他迫不及待地打开信封，里头是一张纸，但只贴着一个一块钱的硬币，以及5个阿拉伯数字，一如天书。

同学骂他笨，说："她叫你打电话给她啦！"

第二天他打了，是一家木材加工厂的总机，他说："请帮我接×××小姐……"之后，总机一阵沉默，然后是她的声音，说："我以为你不懂我的意思……"又一阵沉默之后，他才听见那女孩有点哽咽地说，"你知道吗？寒假的时候……好几次，我竟然会在平时上课的时间跑去搭公交车……那时候，我就知道，我完了……"

几年之后的婚礼上，他一字不漏地重述了那次电话里她讲过的话，说当他听到女孩哽咽地说寒假没课竟然还跑去坐公交车，说"我就知道，我完了"的时候，电话这头的自己一样热泪盈眶。

那时候，他已经在三重跟别人合伙开了一家小小的工厂，合伙人管业务和财务，他只管技术。他只知道没日没夜地忙，可是连续两年，合伙人都跟他说工厂并没赚到什么钱；更没想到的是，第三年春节后才开工不久，有一天工厂忽然冲进来一堆人拆机器、抢原料，原来合伙人开出去的支票陆续跳票。

工厂登记的负责人和支票出票人的名字都是他，所以因违反《票据法》进了监狱的人当然也是他；这还不打紧，更可怕的是即便人都已经关在监狱里了，竟然还有人不时跑到家里骚扰、讨债，房东受不了，要他太太搬家，而这一切，会客的时候，太太都不曾跟他说起。

直到有一天接到太太的信，才知道她去了南部，说是以前的同事帮她介绍了新工作，说虽然之后见面不易，但她相信他一定会谅解，因为至少可以避开许多干扰和恐惧，她要他忍耐、坚强，说“我和他都在等你回来”。

他是谁？第二张信纸上有答案，上头贴的是一张B超图，以及太太简短的说明：“医生说，他是男生！”

他出狱的时候，孩子已经两个月大了，他说他记得第一次抱着孩子和太太走在南部某个城镇黄昏的小路时，路两旁的木棉花正在盛开。太太从地上捡了一朵给孩子看，喃喃地跟孩子说：“要记住，有这个……才有你哦！”

直到如今，他说偶尔他还会想起那天黄昏太太的声音和表情。

之后十几年他的事业超乎想象的顺利，孩子中学毕业那年，他已经有能力在美国买房子，并且让太太陪着孩子在那儿就学。

20多年过去了，木棉花一直是他生命里无法去除的……思念。

（摘自《读者》2012年第3期）

你信吗

张丁歌

“信任就像一张纸，一旦皱了，即使抚平，也回不到原来的样子。”实在找不到这句话的出处，但在一个真相匮乏的失信时代，这样的句子，也成了大师语录，广泛流传于网络社交平台。可如果这张纸，换作一纸契约呢？是不是就能够为信任护航，驶向彼岸？

有人会说：“不一定。契约皱（毁约）了呢？你的船（对毁约的惩罚）保住了，可信任依然难逃溺水。”乍一听像是一种尴尬的悖论，但“言而无信”后的“有法可依”，的确是现代社会契约精神的基本规则。

在《万历十五年》中，黄仁宇就指出中国历史上有两大问题：一是缺少“数目字管理”，二是以道德代替法律。道德口号的分贝，在我们这片土地上，总是高过规则与契约。

何为规则？或许可有三层解释：契约、契约精神、契约至上精神。它们的不同，是观念的水位的不同。

公信力下滑，私信力崛起，这并不意味着我们进入了一个更好的时代。我们需要那张纸，需要纸上不同的水位，就像需要一个真正意义上的“信时代”。

你信吗

你信吗？——此三字问句在中国的力量与意义，已几乎可等同于梁漱溟老先生当年那一问：“这个世界会好吗？”

社会学家齐美尔说：“信任是社会中最重要的综合力量之一。”没有人们相互间建立的普遍信任，社会本身将瓦解。现代生活更大程度上是建立在对他人的信任之上。

坦白说，在中国讲信任、讲契约，不是件容易的事。我们自古就说“君子一言，驷马难追”，我们也讲“言而有信”“一言九鼎”与“一诺千金”。但在中华文化深处，更加崇尚谋略、厚黑学、潜规则与关系经济、江湖义气，等等。于是，中国人会一边打捞、标榜着仁义礼智信，一边也无奈地叹息着信任危机、价值观坍塌、契约精神缺席。

郑也夫在《信任论》中强调，信任是建立社会秩序的主要工具之一。同时他也表明观点：中国社会依然是“低度信任社会”，中国人的信任依然停留在家族信任阶段。“在这套文化观念中，没有个人的价值和尊严，而只有严格的等级秩序。由于没有彼岸的‘信仰’和此岸的‘契约’，其结果便是一种奇特的‘二律背反’——表面上形成了强大的中央集权体制，实质上仍是一盘散沙；表面上家庭成为社会纽带的核心，实际上信任从来也没有超出过家庭范畴之外。”

因为缺少安全感，面对社会的复杂性时，人们在本能之下，会倾向于先选择不信。不信搜索引擎，不信排行榜，不信开发商，不信学历与论文，不信长期存款，不信饭局，不信转基因，不信马桶与电饭煲，甚至不信《实话实说》，不信“3·15”晚会……社会信任系统陷入一个畸形循环的怪圈。

人们在信任力上，开始选择投奔一个个“理想的个体”——他们（被信任的“大V”、公知、公众人物）其实一直在岸边，不厌其烦地告诉你真相与常识，讲解民主的细节与契约精神，分析这个社会会好吗，甚至告诉你如何去信或不信。他们一步步抬高着公共领域私信力的水位。

有意思的是，卢曼在《信任与权力》中，把信任视为一种将社会的复杂性简化的机制。“在任何情况下，信任都是一种社会关系。它是人在与社会复杂性遭遇时出现的一种心理状态。”

中国人的心态呢？在面对“中国式复杂性”时，已难以安心留在公信力的“大船”上，他们开始左右寻求更多“个体力量的划桨”，以期安全前行。

身份与契约

信任变了味，私信力才会参与竞争。而真正的安全与自由，是既要在船上，又要有桨划，还要掌握游泳技能，合力进入一个契约型社会。

卢梭在《社会契约论》中提到：人们怎样才能生活在一个有秩序的群体中，仍能自由如初？回答便是社会契约——放弃天然自由，获取契约自由。如果说信任是一个契约社会形成的核心要素，契约精神则是一个文明社会的基石。

无论在西方还是中国，人们研究和解释契约精神的热情从未消退：契约死亡了，契约再生了，契约危机了，契约至上了……这恰恰说明，一个现代社会对契约精神有着多大程度的饥渴。

即便是最古老的人格信任，也是一种人与人之间的心理契约。就像木心在诗中写的：“从前的锁也好看，钥匙精美有样子/你锁了，人家就懂了。”这份懂，是信任，也是信仰或信念，它是一种无约束机制的精神契约。只是，它洋溢着文明的味道，却未必能带整艘船驶向文明社会。

梅因在《古代法》中的观点，曾被视作现代性的一座里程碑："迄今为止，一切进步性的社会运动，都是一场从身份走向契约的运动。虽然在西方，身份与契约之间也历经反复转换，但这仍是现代社会的必经之路。"

信任的基石

没有契约精神，你信谁都难得永生。

有人说，"中国式复杂性"还在于：在多数人遵守契约而个别人不遵守契约的情况下，不守约的人反而可能得到超额利益。久而久之，整个社会的交易成本会变得非常之高。信任力被极大透支，谁还信，还信谁?

柏拉图在《理想国》中，就曾描述过"契约"与"正义"的关系："人们在彼此交往中既尝到过不正义的甜头，又尝到过遭受不正义的苦头。两种味道都尝过了之后，那些不能专尝甜头不吃苦头的人，觉得最好大家建立契约：既不要得不正义之惠，也不要吃不正义之亏。打这时候起，他们中间才开始制定法律契约。守法践约者，被叫作合法的、正义的。"

我们身边，吃苦头的人太多了，尝过甜头的人又不好说葡萄甜。从这个角度看，两种味道都尝过的人或许越多越好。至少，这些"准契约人"，也是迈向契约社会漫漫长路的起步者。也有学者分析："在中国，所谓明规则和潜规则之间，也有真空地带。契约精神和契约至上精神之间的距离，就在于此。"

郑也夫曾分析社会中的"契约人"，他认为，契约人就不再是自然人，须尽可能把感情与行为分开，用条款和责任来约束行为。这样，缺乏人情是人生之憾，却不失为公法之幸，能使社会组织的机器低摩擦运转。

他以香港为例，描述了商业社会对契约精神的践行："面子不管用了，条子不管用了，亲切回忆不管用了，虽然隐形关系网难以完全绝迹，但朋友的经济意义大减，徇私犯法的风险成本增高。香港由此避免了很多乱象，包括省掉了大批街头电子眼，市政秩序却井井有条，少见司机乱闯红灯、摊贩擅占人行道、路政工人粗野作业等行为，少见行人随地吐痰、乱丢纸屑、违规抽烟、遛狗留下粪便……官家的各种‘公仔’（干部）和‘差佬’（警察）也怯于乱来。”

经济学家阿罗认为：“信任就是经济交换的润滑剂，是控制契约的最有效机制，是含蓄的契约，是不容易买到的独特的商品。世界上很多地区经济的落后，大都是由于缺少相互信任。”

建立信任的基石就应该从一纸契约开始——口说无凭，字据为证。

（摘自《读者》2015 年第 15 期）

请允许我满含泪水地回来

戚祥浩

同学们都参加工作时，她将自己锁在家里，没日没夜地啃那厚厚的司法考试复习资料。第一年没成功，她有些沮丧；第二年又失败了，她感到了气馁，她一再安慰自己：坚持，明年一定能行。第三年、第四年，连续的打击让她不禁心灰意冷。看着父母日益苍老的背影，看着他们每天都盼着她成功，她让他们等了四年，四年来，父母都笑着对她说，孩子，没关系，下次再来。为了父母，她鼓起勇气再试一年，然而，失败缠上了她。

得知成绩的那一刻，她想到了死。3 月 4 日下午 2 点 36 分，她在“法专在线”的社区论坛上发了名为《爸爸妈妈请你们原谅》的帖子：连续五年参加司法考试未通过，我付出太多，太累了……辜负了父母的期望。

很多人意识到这是一个“绝笔帖”，他们纷纷在后面跟帖，劝她不要做傻事，要坚强，要多为父母考虑，要知道年轻就是本钱，未来还有很长的路要走……一些网友专门跟帖描述自己类似的经历，告诉她生活的阴云其实很容易过去，他们曾经遭受过更大更猛烈的挫折，可他们现在都过得很好。

网友的留言她都看到了，她还看到了论坛版主多次发来试图跟她联系的消息。她脑中想的却是，如果活下去，势必拖累父母更久，他们早就到了该享福的年纪啊。她于是又一次发帖：谢谢你们，我已经决定了。

之后，她捏紧了口袋中的安眠药。她想找个结束烦恼的地方，但她起不了身——善良的网友们不断地发消息、跟帖，他们对她的鼓励、关爱和理解，仿佛磁铁一样牢牢吸住她那颗绝望的心。

她不知道，虚拟世界外，一场拯救行动也在悄悄地进行着。管理员发现她的 IP 地址在温州，便立即打电话给温州 110；同时向温州市长热线发出求助信息，希望他们联系电信部门，尽快查到她的上网地址，第一时间通知她的家人。

警察寻找她的同时，越来越多的网友加入拯救她生命的行动。他们尽力寻找现实中认识她的人，甚至一些温州网友表示愿意聘请她到自己的公司上班。

晚上七点多，警察终于找到她上网的地方时，她却于几分钟前离开了，因为上网的那个公共场所要关门，她不得不换了地方。

短短时间内，论坛翻页已达十多页，跟帖上百条，阅读人数两千多人。看着不停闪烁的消息提示，看着仍然不断增加的帖子，她禁不住泪流满面，为她愚蠢的想法，更为无数善良的人们。

3 月 5 日零点 11 分，她又一次发帖：请允许我满含泪水地回来……已经把准备好的安眠药扔到河里了……

发完帖子，她想，活着，真好，她再也不会试图去做傻事了。

她要下线时，无意间看见刚刚还成片亮着的会员头像，一下子暗了大半。

她的眼泪又一次夺眶而出。她知道，那些网友，为了劝说自己，可是彻夜守在电脑前啊！

此后，她变了个人似的，不再每天锁在家里啃那枯燥的法律条文。她找出压在箱底的同学录，掸去上面的灰尘，一个个号码拨过去，问他们的近况，然后大声说，她很快也要工作了。她以前不习惯跟陌生人接触，觉得他们不可靠不能信任，现在，她对每一个迎面而来的人保持微笑。她仍常去“法专在线”，一天不去，网友发来的消息会塞满她的信箱——更重要的是，她发现让父母欣慰的地方有很多，比如给父母捶捶背，比如抢在母亲前头去洗碗，比如到旧书市场淘来父亲爱看的战争书籍……

偶尔，她还会想起那天的经历，想起那些善良的人们为她所做的一切。

（摘自《读者》2007 年第 13 期）

什么是我的——《物权法》与一个普通中国人的生活

张　欢

一部与13亿中国人生活密切相关的法。

一部从起草到表决通过花了13年的法。

中华人民共和国成立以来第12部面向全民征求意见的法。

从一审到七审，全国人大立法史上审议次数最多的法律草案。

……

这就是《物权法》。

我们有足够的理由关注这部法的诞生，它出台的意义专家们已经进行了无数次的论证，我们不想给你太多的术语，只是想用一个轻松的个人体验来说明它与我们真的是息息相关。

进门请敲门，小心狗咬人

《南方周末》记者南香红2006年买了自己在北京的房子，她用自己无比感性的文字描述了有房的感觉：

“春风拂面送来温暖如许，阳光灿烂映照陋室几间”，乔迁的时候贴在门上的一对楹联，如今残红尚未褪尽，每当回想儿子在没有一丝阳光的地下室的8年成长时光，我们总是感叹：“这房子买得真及时，真好啊！”当每月到银行付7000元的房贷时，又灰暗地想：“人生一世，一所房，一瓢饮而已！”

12月19日，我被银行唤去，在一张表上签了字，第一次看到了红彤彤的私有房产权证。只看了一眼，这宝贝儿就被收了回去，放在银行的保险柜里做了“人质”，我们只有还完所有贷款，才能将它领回家。但是，但是，我们毕竟有了自己的私宅啊！

如今越来越多的人成为“产权人”的时候，我也看到了逐渐在中国公民中成长起来的可贵的私有财产保护意识，在一条条胡同里这种意识表现在一扇扇紧闭的大门上。如果一个院子的大门是敞开着的，这所院子一定是所大杂院，产权一定是公产；如果一个院子的大门紧闭，那一定是私产。

“进门请敲门，小心狗咬人。”这是我在一条胡同里一扇紧闭的大门上看到的，这10个大字划出私有财产的领地，这个领地有一种凛然尊严，不可以无端侵犯。

想一想，这10个字不可能出现在二三十年前的中国。这毫无疑问是一种进步。

我特别能理解南香红的这种感觉，毕竟，在房价日益令人发指的今天，能拥有属于自己的住宅，无论如何都是一件开心的事情。

在18世纪的英国，有人曾经这样描述个人财产权利的神圣不可侵犯性：

“即使最穷的人，也可以在他陋室门前蔑视国王的权威。风能进，雨能进，而国王不能进。”

《物权法》在某种意义上正是明晰这种“神圣性”的一部基本法。如果没有改革开放，我们大家恐怕还是处在福利分房拿工资的年代，商品房、私人住宅恐怕都是遥遥无期的梦想。

在以前，我的研究生学历和在报社这样的事业单位工作，估计在评分上可以得到一个不错的加分，但我想没有几个人愿意回到那个年代。

尽管我用尽了各种能想到的恶毒言语来问候各路房地产商人，但是摆在眼下的形式还是很明显的，若干年后，我也会追随南老师投身到“房奴”一族中。

当我拥有自己的私宅时，我还是想知道，我买的是它的永久使用权，还是一个长期的租房合同（70 年）？我能不能把它传给我的孙子，或者是孙子的孙子？

《物权法（草案）》第七稿规定：住宅建设用地使用权期满的，自动续期；建设用地使用权期满，根据公共利益需要收回的，应对该土地上的房屋及其他不动产给予补偿。删除了原先有关住宅用地使用权续期需要支付土地使用费的规定。

希望房地产商人们在收了我的钱之后，能把房子盖得结实点，我想在 70 年后，房子还能继续住人，当然住的人可能不再是我了。

车位的钱到哪里去了

已经买了车的中国城市居民大都会发现自己面临这样一个恶心的局面：停车是要收费的，而且这个费用不低。更恶心的是你还不知道这钱去哪里了，干什么用了。

2007 年 2 月，广州滨江东嘉仕花园小区突然张贴出一张公告，开发商金展房地产有限公司将出售小区加勒比湾 174 个车位，每个车位 18 万~22 万元，两天内接受业主认购，购买车位的业主还必须在 5 天内一次性付清所有款项。

北京的知名律师秦兵指出：物业共用部分、公用设施设备等公共区域的所有权属于全体业主，只有全体业主即业主大会才有权决定公共设施是否经营及如何经营。

但是目前物业公司对小区内道路划定停车位收取租金，小区会所的对外有偿开放，公共绿地的出租以及电梯间、楼道内的广告收入等都已构成经营行为，而这些经营所得收益都进入了物业公司之锦囊，被当作物业公司的小金库，严重侵害了业主权利。

按照规定，物业公司或者业主可以根据业主大会的授权，从全体业主利益的角度考虑，由业主大会决定是否对小区的公共区域进行经营及如何经营，并办理规定的有关手续，由业主委员会进行监督，经营所得收益应首先冲抵物业费或补充专项维修基金或按照业主大会的决定使用。

简单说就是地是我们的地，既然车位紧张，好，我们交钱，但是凭什么交给物业公司？难道不应该交给我们业主来支配吗？

打开广州的报纸，不难发现业主维权的事件风起云涌。在这片热土上，伴随着市场经济的蓬勃发展，业主们的民主思维和维权意识都有着极高的水平。

作为广州最知名的大型楼盘之一，包括新闻人、律师、公司白领等数万人入住的“丽江花园”，近年来频频成为媒体焦点：民主意识觉醒的业主们先后自发组织了两场大规模的维权运动——新浦南路维权以及业委会选举，虽均暂以失败告终，但其民主实践，已被视为广东地区社区自治、公民维权的试验田。

《物权法（草案）》第七稿规定：道路、绿地和物业服务用房归业主共有；而小区车库等公建配套设施可通过出售、出租或者附赠等方式约定，没有约定的归全体业主。

业主可以自行管理建筑物及其附属设施，也可以委托物业服务机构或者其他管理人管理。对建设单位聘请的物业服务机构或者其他管理人，业主依法有权更换。

不少开发商纷纷赶在《物权法》出台前，在购房合同中明确约定车库等公共部位产权归己所有，车库、车位这些原本应该配套给业主的设施，如果允许以“约定”的方式归特定人专有，将变成事实上的垄断，侵害了广大业主的应有权益。

广大业主朋友们，如果《物权法》出台了，你就会知道他们这么做是错的，我们有了自己的法律武器，应该勇敢捍卫自己的权益。

中学课本错了吗

读高中时，我历史学得很好，也可以理解成记忆力相当好。

到现在我还记得讲到法国大革命时，对于《人权宣言》的颁布，教材和老师都对它的正面意义大加赞扬，但同时都对它宣扬的“私有财产神圣不可侵犯”理念进行了批评，指斥为资产阶级腐朽的思想表现。

历史老师还专门讲了一个例子，7 年过去了，依然记忆犹新：

在德国有一条高速公路，笔直的公路有一个大弯。因为一个老太太坚持做“钉子户”，死活不肯搬迁，政府只好让公路改道，因为“私有财产神圣不可侵犯”。

当年我听了这个故事，最大的感触是这老太太真有个性。此外，他们政府显然没有我们的政府更会做群众工作。

《物权法（草案）》中明确规定了国家、集体、私人的物权平等保护。那么既然国有财产是神圣不可侵犯的，私人财产呢？

这里不得不说一下当年民法课上我听到的段子了：《物权法》的起草是由社科院的梁慧星教授和中国人民大学的王利明教授分头起草的，双方就所有权主体问题进行了不同论证。梁老师主张不用区分什么国家的、集体的、私人的财产，所有主体一律平等保护。王老师说还是要分一下。

我想知道的是如果《物权法》得以颁布，那么“红帽子”企业问题是不是就可以得到解决了？

想到这一点是因为年前我写过一篇稿件，是关于湖北天发集团董事长龚家龙的报道，这位曾经的石油大亨，现在身陷囹圄，不论他的做法是否侵占了国有资产，有一点是明确的，那就是围绕天发集团的产权纠葛是怎么也绕不过去的，是不是“红帽子”企业已经成为审判的焦点所在。

如果《物权法》早些出台，龚家龙和荆州市政府就天发的所有权能够早一点达成协议，他是不是现在还是自由的？或者可以很早就查清他是否侵占国有资产，作出明确的处理？

我也担心那些借改制之名已经侵吞了国有资产的不法商人们，《物权法》一出台，他们的财产是不是就此披上了合法的外衣？

《物权法（草案）》第七稿规定：私人对其合法的收入、房屋、生活用品、生产工具、原材料等不动产和动产享有所有权。

私人合法的储蓄、投资及其收益受法律保护。

国家依照法律规定保护私人的继承权及其他合法权益。

私人的合法财产受法律保护，禁止任何单位和个人侵占、哄抢、破坏。

堂叔可以告村委会吗

我是一个在城市长大的孩子，但是去年发生在河北曲阳县农村的一个拆迁故事却牵动了在广州的我。

事情涉及我的大爷（爷爷的大哥）一家人，居住了几十年的老房子因为村委会的一项决议而要拆迁。

在我老家的小村庄里，拆迁是一件大事情，但是这项政策的执行却不尽如人意：对大爷的补偿仅仅是一平方米十几块钱，算下来还不够砖钱。在这个过程中，双方产生了非常不愉快的情绪。大爷一直在抱怨：现在的干部实在是太霸道了！

农村里的宅基地一直是个大问题，村委会并没有对大爷一家进行足够的补偿。问题的复杂性在于这是一个曾经靠煤炭过活的村庄，现在煤挖完了，村庄没着落了，而耕地已经大量被占为宅基地，大爷一家想再盖新房，地又从何处来？

堂叔几次给我打电话，问我怎么办。我也没办法，按理说应该按照相关政策来执行，可是既成事实已经造成，村里也自恃这一点，坚持原先的做法。

老家的房产是大爷和爷爷兄弟俩共有的，尽管我爷爷这一支早就迁居到城市，但严格说来，这房产还有我的一份，也就是说我的合法权益正在受到村委会领导的侵犯。

我上大学时最好的同学是浙江绍兴人，暑假时曾做过社会调查，内容是关于农村土地流转的。我看过他的调研报告，内容记不清了，只记住在他们那里由于工业经济高度发展，农村的土地所有权和使用权出现了大量的变更，新的农村土地关系规定亟待出台。

《物权法（草案）》第七稿规定：国家对耕地实行特殊保护，严格限制农用地转为建设用地，控制建设用地总量。不得违反法律规定的权限和程序征收集体所有的土地。

为了公共利益的需要，依照法律规定的权限和程序可以征收集体所有的土地和单位、个人的房屋及其他不动产。同时，草案对征收补偿的原则和内容作了规定。

征收单位、个人的房屋及其他不动产，应当给予拆迁补偿，维护被征收人的合法权益；征收个人住宅的，还应当保障被征收人的居住条件。

土地承包经营权人依照农村土地承包法的规定有权将土地承包经营权采取转包、互换、转让等方式流转。宅基地使用权的取得、行使和转让，适用

《土地管理法》等法律和国家有关规定。

全国人大常委会进行第七次审议的《物权法（草案)》，将“禁止城镇居民在农村购置宅基地”修改为“宅基地使用权的取得、行使和转让，适用《土地管理法》等法律和国家有关规定”。

我不清楚的是依照现在的规定，我到底还能不能买在老家的宅基地？或者说如果有一天我有钱了想在农村买块地，盖个别墅啥的，法律允许吗？

还有，“为了公共利益的需要”可以拆我的房，那“公共利益”到底是什么呢？

物权是什么？是指权利人直接支配特定的物的权利，包括所有权、用益物权和担保物权。

我的一位同事给《物权法》的作用下了一个定义：这部法就是明晰“什么是我的，什么是你的”的一部法律。我想他说得太点题了。

在我写完这篇文章的48小时后，2943名全国人大代表将会行使他们庄严的权力，投下神圣的一票。他们将决定着《物权法》能否从草案变成法律，一部关系到13亿中国人命运的法律也许就要诞生了。

当我们的后人记录这段历史时，一定不会错过下面这个片断：

2007年3月8日，中华人民共和国全国人大十届五次会议第二次全体会议上，王兆国副委员长受吴邦国委员长的委托，向全体代表作关于《物权法(草案)》说明时，对全世界掷地有声地宣布：

“国家、集体、私人的物权和其他权利人的物权受法律保护，任何单位和个人不得侵犯。”

（注：2007年3月16日，十届全国人大五次会议以高票通过《中华人民共和国物权法》，由国家主席胡锦涛签署国家主席令，将于2007年10月1日起施行。）

（摘自《读者》2007年第7期）

从菜市到书市

洪　鸿

这两年，在北京的书市中，出了一个轰动一时的“少帅”，他就是安徽省太湖县在京的打工仔汪福建。在故乡，人们只知道他在短短的9年中，从300元起家，发展到现在的千万元，且是北京市环球图书发行中心、《中国报道》杂志社书刊发行部、北京市德赛利商贸中心3家单位的总经理，却不知道在这几年的打工生涯中，每一次演变给他带来的大悲大喜、大起大落。

初闯京城出师不利

1993年初春，随着打工潮的兴起，年仅20岁的汪福建为了摆脱贫困，毅然决定离开故乡，到北京寻求发展。从此，他走上了一条平常人难以承受的风雨人生路。

正月十八这天，汪福建怀揣乡亲们七拼八凑的300元钱上路了。当衣着单薄的汪福建站在北京火车站的广场上时，禁不住打了个寒噤，冻得浑身发抖的他忍不住自言自语了一句："北京的天好冷啊！"但看着鳞次栉比的高楼大厦，和那像家乡的河水一样川流不息的人群，他在心里乐了，并有了一个坚定的信念：我一定要生存下去，谋求发展。

当汪福建到原本讲好的月工资500元的一家塑料厂报到时，厂子却倒闭了。更没有想到因水土不服，他浑身长满了癞疮，奇痒无比疼痛难耐，并引发了重感冒，高烧咳嗽不止。

他借住的北京大学宿舍的学生们见他病成这样，还不上医院，便纷纷劝他："这样硬挺下去，恐怕要出事了……"可他带来的300元钱一部分交了哥哥的学杂费，一部分花在找工作上，哪还有一分钱啊！善良的同学们都明白他的难处，默默地资助他，一个多月后，他挺了过去，病竟渐渐好了。

过了一段时间，在哥哥做家教的学生家长的帮助下，他在清华大学下属的一个小杂货店里找了一份营业员的工作，月工资60元。在这里他的活干得最多最好，受的欺挨的骂也最多，而得到的报酬却最少，就因为他是个外地人，是个打工仔。

打工仔也是人啊！一气之下，他炒了老板的鱿鱼。这无意识的"一气""一炒"，却为他后来在书市上的成功提供了某种密不可分的契机。他走出了才干了3个月的小店，却没有走出清华园。福建的勤勉肯干给大学一位分管后勤工作的领导留下了良好的印象，那位领导把他介绍到博士生楼打扫卫生，月工资160元，并按正式员工实行奖惩考核。按学校规定每天从1楼到6楼只须打扫一次，而他为了做得更好，却不嫌脏累，每天坚持打扫两次，闲暇时就帮学生们打打开水，送书送饭，并用自己的手艺做起"生意"：我免费为你理发，你满足我看书……乐得学生们如遇知音，哪天不见汪福建，心里就闷得发慌。而一封封表扬信也频频出现在《清华大学校报》上、校长的案头……一时间，清华大学的人都知道有个打工仔汪福建，卫生搞得特别好。然而，他干得太好，就有人接二连三上门找他的茬子。

一句话，要么和他们一样混，要么就走人。选择前者不是他的个性，他只好挥泪离开清华园，用辛苦挣来的3个月的血汗钱，交到“王码电脑公司”学电脑。他想学好电脑，将来靠技术吃饭，不再受人欺。然而，才学了一个月电脑，他就学不下去了，哥哥读书要生活费，家里为了偿还为母亲治病遗留下来的几万元债务更需要钱……沉重的经济压力使他不得不走出洁静的电脑房，用自己那柔弱而稚嫩的双肩去承担一个家庭的重担，去品那人生的五味。

街头卖菜死里逃生

走出电脑房，已是10月底，距农历年底只剩两个多月了，回家的路费、过年费、哥哥明年的学费……桩桩件件急等着要用钱。他不得不走上街头，干起了卖菜、收酒瓶、推销图书的活儿。

那时北京还未修三环路，为了多挣一点钱，他半夜三更就起床，骑着租来的三轮车到三里河批菜，再骑20公里拉到万泉河去卖。9点钟卖完菜回来，换身干净点的衣服又去卖书。下午6点钟卖书回来，再穿上卖菜的脏衣服到学生宿舍收啤酒瓶去卖。直到10点半才回来，这时学校关大门了，他只好把三轮车放在马路边或临街的屋檐下，躺在上面睡觉。

因为学校早晨5点半才开大门，3点钟人和车出不来，就误了一天卖菜的生意。在收酒瓶和卖书时，他还顺便做了不少的小时工。只要能挣钱，他什么活儿都干。一天下来，人累得像散了架，可看着那辛苦挣来的钱越攒越多，他浑身又来了劲。也许是在家乡苦怕穷怕了，也许是都市人和乡下人的一种强烈反差使他有了某种震撼，那时，在他的内心深处，只有一个信念，那就是拼命挣钱，挣钱！

卖菜时，做啥事总爱动脑筋琢磨的汪福建还发现，同样是菜市批发市场，十里河就比大钟寺每市斤要便宜3毛钱。但小菜贩子都是当地批当地卖，这样利润不大。他就骑车从十里河拉到大钟寺去卖，虽然辛苦些，但每市斤能多赚 3 毛钱。这样一天下来，就能比别人多赚二三十元。

有一天凌晨，他刚刚将 200 多斤菜批到手，天就下起了大雨。为了不使这批菜烂掉，他冒着大雨硬是将菜拉到了大钟寺。当时菜市场上只有两三个人在卖菜，最后只剩下他一个人了，而雨却一直下个不停。10 点来钟，他终于将菜卖完，这时他的衣服早就被雨水淋透了，但想想自己赚了 200 多元钱，心里便热乎乎的。

晚上回到宿舍，他将剩饭剩菜放在煤炉上热好后，脱下快成冰疙瘩的衣服，躺在床上就睡着了。迷迷糊糊中，他感觉不对劲，睁开眼睛想爬起来却动不了，他从床上滚到地下，用膝盖一点一点地撑着向前挪，挪到门边时使劲用头撞门……隔壁打麻将的人听见了，忙砸开门，把他抬到走廊上。救他的人说，煤气中毒太久，若迟来两分钟，就没救了。

年底回家的时候，他拿着用血汗挣来的 6000 元钱，看着自己的家人笑了，心想两个月就挣了家里 6 年才能挣到的钱，这苦没有白吃!

从菜市转向书市

知道了在北京卖菜能挣钱，1994 年一开春，他就从家乡请了两个女孩一起来帮他卖菜，使他有更多的时间筹划自己的事业。谁知那两个女孩不争气，每天卖出的菜钱比批菜的钱还少，不出两个月，3000 元老本就亏了个精光。汪福建不得不打发她们回家，用仅剩下的一点钱替她们买了回家的车票后，他已经所剩无几了。

为了生存和谋求更大的发展，他便从人民大学熟识他的老师同学那里拿来旧书、新出版的书代卖，一天也能挣个几十块钱。但一个人的力量毕竟有限，他便在人大校园里贴了几百张广告，招募了一批勤工助学的大学生为他代销书，按一定的比例给他们提成。为了联系方便，他还借钱买了一个中文

BP 机。他知道，在偌大的都市，做生意缺乏通信工具是不行的，信息灵通是抢占市场的一大法宝。如此一来，他的图书生意越做越大，收入也直线上升，从每天几十元上升到几百元。这时他已没有足够的本钱进书满足勤工助学的学生们，书源成了大问题。他只好四处托人为他担保，终于有一个朋友了解他的为人，也很佩服他的毅力，愿意出面为他担保。

于是他每天 8 点钟从一家图书公司赊书，晚上在该公司下班前准时将书款送去，天天做到货款两清，从不拖欠延误一次。他深知作为一个打工仔，他一无所有，唯一的财富就是信誉，只有充分运用好这笔财富，才能拥有自己立足京城干一番事业的本钱和基础。那时候，每天晚上他租住的小房子里挤满了年轻的大学生，小伙子们一边看电视侃着足球，一边想点子如何上门销售书……当时销售《公司法》，别的书店十天半月才能卖一本，他一天能卖出几十本、上百本，生意十分火爆。

到了 1995 年，他已经积累了一定的资本，便正式投身京都书市，成为一名真正的书商。

由于“学生军团”助销十分得力，当年上半年他就销出 100 多万图书，纯收入 6 万元。有了一定的本钱，他便在人民大学南门的小巷里租了一间小房子做书库，把 6 万元全部购了书。

一天下大雨，他冒雨骑着三轮车来拿书，附近的一个电工见大雨天别人都往屋里跑，他却往屋外跑，想到近来本地区电路频频出事，感到此人十分可疑，忙报告了派出所。派出所一查，满屋子书，啥证件也没有，忙通知工商所、文化局，把书全给没收了。辛苦半年，6 万元钱血本无归。这沉重的打击把他敲晕了，但也把他敲醒了：要想立足京城干一番事业，仅仅靠动脑筋肯吃苦守信誉还不行，还必须学法懂法守法。明白了这一点，他仿佛一下子感到自己成熟了。

1996 年年初，曾和他打过交道的一家图书公司见他在销售图书方面业绩不错，便以月薪 2000 元请他出任销售部经理。这个待遇是当时京城一般工薪阶层的两倍，算是高薪了。但干了 3 个月，他却不想干了。

这时他哥哥已经从北大研究生毕业，家里房子盖了，2 万元欠款也还了，基本上没有了后顾之忧，他要在书市上甩开膀子大干一场，不愿一生总是为别人打工，把自己困死在别人手中。走的时候，公司老总出 20 万元年薪挽留他，他却婉言拒绝了。经过几年磨难和摔打的他，信心十足，相信自己能干出一番事业来。

谁知并非事遂人愿。这年 9 月份他通过多种渠道筹措到 30 万元的资金，精心策划、编辑出版了一套《老板经典》大型工具书。书一出来，就受到了七八家书商的联合抵制，因为他在销书时的不凡业绩早已闻名京都书市，像一个艺高胆大攻无不克的独行侠，使那些书商感到了一种深深的威胁和不安。过了整整两个月，接近年底，《老板经典》尚未销出一本，福建急得心火上冲，满嘴唇的水泡，张嘴都说不出话来。

那 30 万块钱，都是朋友和熟人，甚至还有在校学生你一份我一份凑给他的，他们借钱给他时的那种慷慨神情和信任的目光，价值何止 30 万元？在强者的身上，压力往往演绎成了动力。他充分动用人民大学信息灵、交通方便的地理优势和一个高素质人员众多、潜力巨大的直销商——学生军团的作用，还别出心裁投资 1.6 万元印制了 2 万个标有“老板经典”的精致典雅的手提塑料袋，使每一个买书人都成为义务广告宣传员。

春节一过，好兆头出现了，这本书成了畅销书：不到一个月，就收回了成本；第二个月，纯赚 30 万元。也就在这时，他承包了一家杂志社书刊发行部，并扩大投资，招兵买马，租房进军京都书市。自 1996 年以来，公司效益连年翻番，一年一大变，仅其属下的环球图书发行中心就拥有码洋 4000 万元的图书。

（摘自《读者》2003 年第 4 期）

谁动了你的数据

安　娜

互联网公司对用户数据的收集和滥用早已不是行业秘密，然而大多数消费者似乎被蒙在鼓里。

前不久，《纽约时报》《卫报》《观察家报》一起爆出消息：效力于特朗普 2016 年总统竞选的数据分析公司和企业战略通信实验室剽窃并秘密保存了 5000 万个“脸书”用户的数据，用以影响大选。“脸书”创始人扎克伯格此后还在国会听证会上就此事致歉。

数据泄露的风声传到中国，牵连了以收集和运用大数据著称的互联网玩家们。

如梦初醒，基于对大数据及自身隐私的重视，用户们疯狂地细数那些 App 是如何收集自己的地理位置、购买偏好、购买行为等信息，把用户心智和市场的自由压榨干净的。用户开始渴望保护自己的数据财产，提倡书写现代契约来维护自己的权益。

正在消失的大众市场

解剖互联网公司对数据的运用，首先要从市场说起。

曾经大众市场以消费者为主导，很多方面都是消费者说了算。后来细分市场开始逐渐取代大众市场，企业不再同时为所有人服务，而是为某些人提供专属服务，打出专属价格——它会掏空你的钱包。

在 20 世纪 20 年代，通用汽车就是通过提供一些福特不能提供的东西——多种车型以及个性化定制，来争夺福特的市场。通用汽车公司建立了 5 个不同的子品牌，将市场细分成不同的价格区间。为了刺激消费，通用汽车公司甚至每年推出一款新车。这些举措的效果很惊人。短短 4 年，通用汽车公司的市场份额增至 20%，而福特降至 40%。到 20 世纪 30 年代，福特亏损严重，两家公司的市场地位彻底互换。1940 年，通用以 48%的市场份额称霸于全球市场，而福特只有 19%的市场份额。通用汽车的巨大成功掀起了一场从单一、标准化产品转变为细分市场和个性化产品的浪潮，这一趋势直到今日还在继续。

当我们和标准化产品及服务渐行渐远时，那些曾经在大众市场时代叱咤风云的公司，现在又试图对市场进行越来越小的细分，从而拉开价格档次，获取更多的消费者剩余。

当公司把市场分割得越来越小时，每一小块市场里的消费者都减少了，他们集中在一起所产生的影响力也在减小。从逻辑上说，市场细分可以一直进行到每一种商品只有一个消费者。他们能获得的信息相应减少，如果市面上有 50 种不同的洗衣液，每种的成分和价格都不同，那么消费者想从中选出最好的就不是一件容易的事。

数字的变化伴随着影响力的变化，单个消费者再也没有和大公司“叫板”的资格。企业甚至进一步扩大了与消费者之间的信息差距，这意味着市场上的力量对比已经发生了改变。

专属于你的价格

当卖家对消费者价格区间了如指掌的时候，价格歧视就会产生。这是一种获取消费者剩余非常有用的工具，它会利用各种各样的形式让不同的人付出不同的价格。

优惠券是价格歧视的一个常见工具。用优惠券的顾客要比直接从街上走进来的顾客支付更低的价格。其中的秘密在于，关注优惠券信息需要花费时间和精力。繁忙、富裕的人非常重视他们的时间而无暇去收集优惠券信息，最终会支付一个较高的价格。

同时，会员忠诚度计划在最近几年有了更广泛的运用，为调整价格提供了另一个方法。当零售商想要进行针对性打折的时候，除了收集客户数据，会员忠诚度计划也是一种可操作的方式。经常性的宣传单计划、旅店和汽车租赁忠诚度计划曾一马当先，如今杂货店和药店也加入这个游戏，甚至咖啡店和书店如今都有它们自己的会员忠诚度计划。

20 世纪 90 年代，经济学家弗雷德里克·雷齐汉和厄尔·萨瑟通过研究发现：忠诚的客户买得更多并且愿意支付更高的价格。他们还总结出一个经验法则：客户保留率每增加 5%，就能使企业利润率增加 25%。

为了获得更多的“忠诚”会员，消费者一进入消费场景，就会获得卖家精心安排的定制服务。公司的精准营销方法基于数据分析，而每家数据公司都梦想设计出一套根据每个人的个性量身定制信息的算法。

2009 年 12 月 4 日，谷歌的技术专家公布了有关谷歌搜索的一个变化：每个用户在使用搜索时，都将是个性化的。

谷歌已经可以访问每一个搜索者的信息，住址、朋友圈、雇主、喜好、购物记录等。而且，个性化搜索再也不可能从用户的谷歌搜索中分离出来。

这意味着任何一次搜索都不会有一套标准或典型的搜索结果。

搜索一直处于互联网个性化体验的最前沿，每一家网站都在跟随这个潮流。从搜索到浏览网站，你的所有体验都在朝着量身定制的方向发展，网站的目的不在于卖给你更多的东西，而是卖给你更昂贵的东西。

唤醒消费者

当知识鸿沟、价格歧视、大规模定制的限制一起发酵时，消费者剩余就会被压榨到临界值。自由市场会逐步瓦解，再也无法保护消费者。取而代之的是自然垄断蓬勃发展，巨大的经济权会高度集中在少数人手中，而消费者和政府需要做好迎接这种数据层面垄断的准备。

面对强大的数据技术，消费者要敢于维护自己的权利。一开始要牢牢掌控自己的数据访问权。接下来，可以要求对数据的商业用途设定一个界限，而且当消费者不希望某家公司使用这些数据时，该公司就必须删除他们的个人资料。

如果呼吁数据改革的客户足够多，一个限制数据巨头掠夺消费者的运动就可能成功。

政府应该制定相关法律来保护消费者。数据经济需要监管，就像公共网络权限问题、照片及电话通信的隐私问题，都是重中之重。在美国，现有的法案中有几条可以发挥作用，例如，隐私权和个人身份的商业利益保障所有权是得到公认的原则。还有一种已经存在的法律原则有望在数据巨头和消费者之间找到一些良性平衡，那就是信托责任法。

信托责任法要求信托责任经纪人将自己客户的利益放在首位，严格禁止经纪人在没有充分披露和未经客户允许的情况下牺牲其利益而谋取私利。人们很容易将信托责任法的概念从投资领域延伸至个人数据的保护。

像自然环保运动一样，数据保护运动首先要从尽心尽力的个人开始，然后发展成团体、国家组织，最终发展成全球性运动。企业的重点必须转向创造持久的价值，而不是为了利润将用户玩弄于股掌之间。

（摘自《读者》2018 年第 20 期）

第一桶金

沙叶新

段祺华是90年代第一个回上海开办企业的留学生；回来之后，他又首先突破留学生开办企业范围的禁区，是开办私人律师事务所的第一人，以后他还有很多第一，很多NUMBER ONE。

1983年段祺华毕业于上海华东政法学院，1988年自费赴美留学，1990年获华盛顿大学法学院硕士学位，同年又受聘于西雅图著名的法律事务所——威廉·克斯诺及布斯吉法律事务所，任法律顾问。创业伊始，他在美国的叔父很郑重地对他说，年轻人要创业，就要学会画1，不要画0；0好画、省事，可你画一千一万个0还是0，什么也没有增加，如果先把1画好，以后每画一个0就是扩大10倍，价值就倍增。美国也有一句格言，叫人生最重要的是第一桶金，说的是同样的人生哲理，切记、切记!

段祺华记住了，记得很深，很牢。可他的第一桶金在哪里呢？他的“1”从什么地方落笔呢？是在美国吗？他深知在美国干得再好，也是0，也是为别人干的；金子总是落在 U.S.A 的桶里。美国的华人都知道，美国有“玻璃天花板”一说，说的是美国的各大公司、各大企业包括政府的各大部门，就像座金字塔，在里面从底层向塔尖望去，看起来一眼可以望到尖顶，毫无间隔，似乎人人都有均等的机会向上攀登；可对华裔和美国其他的少数民族而言，每一层都有无形的玻璃天花板横在头顶，使得塔尖可望而不可即；只有回到自己的国土，才有根基，才能发挥双重优势。

一种爱国痴情的信念表现在他的毕业考试中，他的毕业论文题目是《论在中国开办私人合伙律师事务所的可能性》。段祺华撰写毕业论文并不只是为了获得文凭，他是要让他的研究成果付诸实践，让自己成为第一个吃螃蟹的人——回国开办私人合伙律师事务所，在中国画上那个最重要的“1”。

1992 年段祺华决定回国创业，当开办私人合伙律师事务所的第一人。回国前夕，在大街上他遇见了中学同学姚蔚文。当段祺华说到要回到中国发展时，姚蔚文大吃一惊：

“你真的是疯了！你不像我呀，我毕业到现在还没混出个人样来，听你刚才说的，你现在已经是华盛顿州最高法院任命的第一位外国法律顾问了，又是美国西北国际贸易有限公司的副总裁，职业好，年薪高，有好车子、好房子，也算是初步进入美国的主流社会了。我们这些留学生，离乡背井，吃尽千辛万苦，不就是为了这样的美国梦吗？”

“我当初出来的时候就是打算回去的。”

“干吗？报效祖国呀？你是共产党员？是民族英雄？是爱国志士？20 世纪都快要结束了，怎么还有你这样的古董？”

“爱国没有什么好嘲笑的吧？”段祺华有些生气。

“你怎么还这么中国，这么传统！”

“这个传统没什么不好！美国人也很爱国，尽管他们对美国也很不满，可他们比任何人都爱自己的国家，你为什么不嘲笑他们？”

“我只是对你回去表示担心。中国目前还是个法制不很健全的国家，你就真的相信留学生的新政策不会变呀？”

“中国法制不健全，那我们学法的就更应该回去，使中国的法制健全起来。我从没认为中国十全十美。可是我想，要是中国不好，那我们就回去齐心协力地想些办法把她搞好！我要回去，爱国当然是一个因素，可还因为我看好中国，相信我在国内能有更好的发展。”

结果这次两个老同学的不期而遇，最后变成了不欢而散。这次谈话的阴影一直留在段祺华的心里，他真的不理解为什么那么多人反对他回国。20世纪以来的前几代留学生，绝大多数都是愿意学成归国，报效父母之邦，为什么这一代留学生却宁愿终身寄居异域呢？他久久地思索着。

段祺华为了回国，毅然辞去了在美国的几乎所有职务，毫不犹豫地拿出了家中几乎全部的积蓄；他已经是破釜沉舟，孤注一掷了：他把所有的热情，全部的希望以及一家数口的生活出路统统都寄托在中国了！可他在1992年数度往返于中国和美国，奔波于上海和北京，用去了几万美元之后，所得到的关于开办私人合伙律师事务所问题上的答复却是一个字：NO！矛盾在于：段祺华的想法过于超前，而当时的政策仍然滞后。

咦？不是欢迎留学生回国工作吗？我是回国办企业的呀？

是呀，我们是欢迎你回来办企业呀。我们欢迎留学生回来搞贸易、开工厂、进行科学研究、从事教育工作，文件上都有具体规定，可没叫你回来做律师呀！

我是学法律的，不做律师做什么呢？

你要做律师也不是不可以，律师我们也缺呀；但是必须到我们的律师事务所去做呀！

我是要申请开办私人合伙的律师事务所！

那怎么行呢？什么都能搞独资、搞中外合资，律师事务所怎么能私人合伙呢？

就不能放宽些政策吗？

那……哦，我们请示了，除非你交出绿卡。

我们留学生回国当律师的优越性就在于持有绿卡，可以自由出境办理涉外案件；如果把绿卡交了，我们今后还怎么能方便地出国办案呢?

嗯……还有一个办法，你和我们合办。

不，我一定要独自办。我认为政策还应该再开放一些。

段祺华重温了他的论文，再次坚信他的结论仍然没错，因为在中国开办私人合伙律师事务所是改革开放的必需，是中国经济和国际接轨的必需，是中国走向世界的必需。其中道理其实也很简单，外商要投资，要和中国做生意，在发生法律纠纷时，你怎么能期望外商会相信一个是“国家干部”（尤其是社会主义的“国家干部”）的律师来代表他们的利益呢？他们怀疑政府开办的律师事务所的公正性，他们只相信只代表当事人利益的私人律师。

他跑断了腿，磨破了嘴，一次又一次地去说服有关机构和有关领导，经他协调后，得到了这样的批示：“可以开这个口子。”

1992 年 11 月段祺华申请的私人律师事务所终于获得国家司法部、上海司法局、国家教委、上海人事部门的特别批准。1993 年 4 月 8 日，以段祺华为核心的“段和段律师事务所”在上海锦沧文华大酒店宴会厅举行挂牌仪式，100 多位贵宾出席了开幕式，美国总统克林顿还特地发来亲笔签名的贺信。

1993 年 9 月初，段祺华迎来了开门红，他的律师事务所力挫群雄，一举中标，承接了美国劳工部委托的一宗案件，使得美国政府有史以来第一次成为中国律师事务所的客户。美国塞班岛有家公司，对 3000 多名中国劳工强行超时工作，克扣工资（每天工作 10 小时以上，每小时不到 2 美元）。美国劳工部以违反劳工法状告该公司，经法院判决，该公司需赔偿中国劳工 1200 万美元，成为中国劳工史上金额最大的一起赔偿案。可当时中国劳工大都回国，并且多数不知此事。段祺华的事务所每周工作 7 天，每天工作 16 小时，终于将分散在广东、福建、海南各地偏远山区的 3000 多份劳工的血汗钱分别送还到他们的手里。美国劳工部对发放过程进行全程监督，负责此案的美国劳工部梯汉恩主任最后表示："能这么迅速地找到所有当事人全部发放赔偿金，实属奇迹，不可思议!"此案成功的办理，使得新生的段和段律师事务所被世界最著名的法律杂志《伦敦国际金融法律》列为 1000 家国际性律师事务所之一。

1995 年，段祺华的律师事务所又漂亮地为上海玩具公司打赢了一场拖了 8 年之久已经成为铁案的索赔案。该案发生于 20 世纪 80 年代初，当时上海玩具公司受托生产美国帝国玩具公司的塑料玩具弹弓，产品在美国销售后，发生了几起弹弓伤人事件。1986 年美国帝国玩具公司在美国联邦加州地方法院起诉上海玩具公司，要求中方赔偿。由于当时国内律师事务所不熟悉美国法律，又因无法出国办案，以至应答对策有误。1989 年 10 月，美国当地法院作出缺席判决，要求上海玩具公司赔偿 138 万美元，以后又加上利息需赔偿 200 多万。段祺华接手此案后，用了将近一年时间，为客户制定了上百页的有理有利的诉状，列数了 7 大抗辩理由，终于打赢了这场官司，为国家挽回了 200 万美元的损失。此案的胜诉轰动一时，国内外都做了大量报道，称此案为"不可思议的胜利"，国内已将此案列为著名的案例写进了司法教科书。

1996 年段和段律师事务所还承办了上海开埠以来最大的一起越洋官司。美国 H 公司为抵赖对中国抽纱进出口公司 200 万美元欠款，恶人先告状，反告中国抽纱进出口公司侵犯 H 公司的版权，索赔 1.35 亿美元! 此案错综复杂，险象环生。段祺华配合中方的当事人，历时 7 个月，反复与美方的当事人和律师较量，终于使美国法庭作出有利于中方的判决，使得 H 公司无条件地撤诉，并归还了 200 万美元的欠款。这次跨国诉讼，伸张了正义，讨回了公道，大长了国人志气。

段祺华创业至今，在他的客户名单中，已有多家列入世界 500 家大企业的跨国集团公司。1997 年年初，中国颁布了新的《律师法》，进一步明确规定私人可以开办“合伙的律师事务所”。中国的司法制度再一次地前进了，在这前进的步伐中，不是也有着段祺华早在 5 年前就印下的第一个脚印吗？

（摘自《读者》1997 年第 7 期）

给进城农民更充分的保障

方三文

民工子弟学校在北京的遭遇，实际上是20世纪80年代以来，中国数千万进城农民际遇的一个缩影。

进城民工子女教育权的缺失，连同其在工种选择、医疗保障、社会保障等一系列问题上的“另类”待遇，实际上凸显出在汹涌而至的工业化进程中，那些已经在城市工作和生活，然而却还没有取得城市人身份的一个特殊群体的现实困境。

这一困境，从小的方面讲，影响了众多家庭本应享有的正常生活；从大的方面说，则在一定程度上影响到一个城市应有的活力和生命力，影响到经济的正常发展。

另类处境

清华大学一位教授说，城市对乡村、大城市对小城市的歧视，在西方、在中国都存在。

对于那些千方百计进入城市的农民来说，谋生显然是其最主要的目标。然而，城市对他们的谋生途径作出了不同于城市人的规定。如采取职业保留措施，对那些“外来务工人员”就业的工种作出明确界定：哪些是允许的，哪些是不允许的。

除了职业“门槛”外，不少城市更是提高了对外来进城者的身份“门槛”。

河南某市劳动部门的官员宣布，从2001年开始，将逐步提高外来务工人员打工的“门槛”，“门槛”最终将设定为：高中以上文化程度以及取得职业资格证书的人员才能在该市打工。

如果说在工作上，城市对外来打工者还只是采取了限制性的待遇，那么在医疗、保险、教育等问题上，当城市人得到一系列保障的同时，这一切对于外来打工者来说则是一种“缺席”。

典型的例子是广东某市。在该市，由于电子、服装等劳动密集型企业极为发达，从而吸纳了来自全国各地的大批民工，成为著名的“民工城市”。然而，一个令人担忧的事实是，从20世纪90年代初到现在，在当地经济取得长足发展的同时，外来劳动力的工资水平却基本没什么增长。更重要的是，目前该市已建立了覆盖当地所有农民的社会保障体系，但是，这个社会保障体系把当地最主要的劳动力提供者——外来劳动者排斥在外。

身份差异

另类待遇的缘由是“身份差异”。而身份差异来自将人划分为城市人和农村人的城乡二元结构。

1958 年 1 月 9 日，全国人大常委会第九十一次会议通过《中华人民共和国户口登记条例》。这个条例的第 10 条规定：“公民由农村迁往城市，必须持有城市劳动部门的录用证明，学校的录取证明，或者城市户口登记机关的准予迁入的证明，向常住地户口登记机关申请办理迁出手续。”

但到了 20 世纪 80 年代以后，户籍对农民进城和异地就业的限制作用受到越来越强的冲击，除了农民中的精英分子通过考学、参军、招工、招干等途径，合法地进入城市并取得城市人的身份外，更多的农村人则是自发地进城务工、经商，他们依然保留了农民身份，被称为“民工”。据统计，高峰期全国的民工曾达到 8000 万人。

从 20 世纪 50 年代到现在，中国逐步建立了覆盖城市居民的社会保障体系，包括食品供给、就业安置、住房福利分配、子女免费或低收费入学、医疗社会保障和其他的补贴、退休养老制度。由于长期实行低工资、高福利的分配政策，城镇居民工资外的福利分配，据估算，最高曾达到工资收入的 72%。

当民工从农村来到城里时，发现这一切都和他们无缘。也就是说，一个进城的农民和一个城市居民，即使做的是一样的工作，拿的是一样的现金工资，他们的实际收入差距也接近 1 倍。

壁垒失效

近两年，因为下岗工人增多，一些大中城市采取职业保留措施，清退外来工腾出就业机会给本地人，从而使人们普遍认为，进城的农民少了，民工潮有所回落。

然而，长期从事农村劳动力流动研究的国务院发展研究中心研究员赵树凯认为，如果仅从就业份额来看，这个说法是成立的，但从他们实际调查的结果看，虽说城市里的就业压力重，但农民外出的冲动更强烈。他的课题小组曾于春节期间在北京火车站对刚下火车的民工进行访问，问他们知不知道城里下岗的人很多，工作很难找，90%的人都说知道。

问他，那你干吗还来，一位民工反问："我为什么不来？我不来待在村里干吗？"

显然，随着农业结构的调整，以及现代农业技术的推广和使用，越来越多的农民进入城市寻找机会，将是一个必然的趋势。

既然不能完全阻止农民进城，城乡壁垒的设置起到的效果就只有一个：恶化了进城农民的处境。

"职业保留措施的制度化，显然恶化了外来劳动力立足城市的环境，使'大量'进城农民的就业活动转入'地下'打黑工。在这种情况下，劳资双方的正当权益都容易受到侵害。"赵树凯说。

城市边缘打工子弟学校的出现，从另一个角度说明了这个问题：不让民工的子女上城里的学校，并不能阻止民工进城，他们自己办起了学校解决孩子的就学问题，但这种学校的教学质量显然低于城市里的学校，也很可能低于民工老家的学校。

不少经济学家则是从整个中国经济发展的高度来考虑这个问题的。

近两年，城市市场需求不足，商品尤其是耐用消费品积压严重。而在农村，农民收入增长持续放慢，在刚刚过去的2000年，城镇居民人均可支配收入比上年实际增长6.4%，

而农民纯收入仅增长2.1%。中国的城乡差距，在20世纪80年代有所缩小之后，近年又呈扩大之势。

面对社会发展过程中的这些问题，越来越多的专家学者开始从城乡关系上去寻找答案。

中国社科院社会学所研究员陆学艺说，二元制社会结构阻碍社会的发展，在城市表现为需求不足，在农村则是有限的土地上积聚了太多的劳动力，流动困难，使农民收入增长缓慢。

国家计委研究院的一篇文章更是将城乡二元结构列为影响中国经济发展的第一因素。“二元制的社会结构，已经到了非改不可的地步了。”陆学艺在接受本报记者采访时说。

出路何在

应该看到，不少地方和部门已经开始采取措施，着力改变进城农民得不到更充分、更公平的保障的局面。北京市在民工子女就学问题上进行的探索，便是其中之一。

然而，要从根本上解决问题，途径无疑只有一个，那便是加快城市化的进程，改变这种身份差别，让更多的农民成为城市人。

种种迹象表明，国家已经决心加快城市化进程。

在相当长的时间内，城镇居民与农民的重要区别在于能以远低于市场价的价格购买粮食。

2001 年 3 月，国家粮食局发出通知，从 2001 年 5 月 1 日起取消“市镇居民粮食供应转移证明”，城镇居民户口在全国范围内迁移，农业户口转为非农业户口不再办理“市镇居民粮食供应转移证明”。在市场上，进城的民工和城镇居民可以以一样的价格买到一样的粮食。

与此同时，近日，国务院批转了公安部《关于推进小城镇户籍管理制度改革的意见》，提出全面推进小城镇户籍管理制度改革，加快城镇化进程。《意见》指出，小城镇户籍管理制度改革的实施范围是县级市市区、县人民政府驻地镇及其他建制镇，凡在上述范围内有合法固定的住所、稳定的职业或生活来源的人员及与其共同居住生活的直系亲属，均可根据本人意愿办理城镇常住户口。对办理小城镇常住户口的人员，不再实行计划指标管理。

专家认为，这是中国推进城镇化的一项重大举措。

“中国的现代化进程不能抛下农民，没有农民的现代化就没有中国的现代化。”陆学艺认为。

从粮油关系的废止上我们可以看到，改革的方向并不是由政府来批准民工购买粮食，而是把粮食由政府配给改为市场供应。粮油关系的废止只是改革的一步。从近年住房、医疗、养老保险等社会保障体系的改革看，最终的取向都是建立一个开放的、社会化的、市场化的社会保障体系，改变原有的按户籍，甚至按单位的利益分配的格局，让进城的农民能够跟城市居民在各个领域公平竞争。

而在不少学者看来，城市化还不是消除城乡二元结构的最重要的一步。最本质的一点是要改革户籍制度，给所有公民以迁徙的自由。这样才可能消除城市人和进城农民在身份上的根本差别，一个机会均等的、拥有覆盖所有公民的保障体系的社会才能最终实现。

这些改革显然会面临相当的阻力。“户籍后面是一个利益问题和权利问题，如果权利和利益问题解决了，户籍制度就不会是个大问题。”赵树凯说。

实际上，理顺城乡关系绝对不是一改户籍制度就能解决的问题。因为户籍制度维系的是城乡利益分配格局，对它改革其实是对城乡利益关系的根本性调整。

改革就意味着利益关系的调整，从长远看，城乡协调发展将有利于所有人的利益，但任何暂时的利益损失都有可能成为改革的强大阻力。

但是，不管是出于“所有公民一律平等”的理想，还是从社会经济发展的现实出发，改革都必须进行下去，所不同的只是一个时间问题。

在 2001 年“两会”期间，全国人大代表、江西省体改办主任吴明晖提交了一份议案，建议制定户籍法取代现有的户籍制度。他在接受本报记者采访时说，户籍法的主要内容之一就是要从法律上肯定公民迁徙的自由。只要是中华人民共和国的公民，就有在中国境内迁移、落户的自由，一旦在一个地方落户，就可以享受一个公民所有的合法权利：居住的房屋，就业的保障，子女受教育的权利，参加政治社会生活的权利。这是不是目前正在进行的改革的目标之一呢？

（摘自《读者》2001 年第 8 期）

别样歌声

王少华

1998年7月，在北京复兴门地铁站那川流不息的人群中，一个穿着破旧牛仔裤的小伙子坐在台阶上，正抱着吉他卖力地弹唱。与吉他发出的声音不和谐的是，他的脸上始终带着忧郁而又冷漠的表情。

他叫孙恒，29岁，那是他来北京的第二年。

这个学习刻苦的山里娃，考上了一所师范学院，走出了大山，毕业后在河南开封四中做老师。小城里的天空比大山里要大得多，可是他的心却比这个城市的天空还要高。教了两年的书后，他放弃了曾经的梦想，抱着心爱的吉他来到北京。

这里，才是我唱歌的地方

2001年冬天，孙恒去天津科技大学看一个朋友，学校的学生社团募捐了一些书和衣服，准备到工地送给民工。正好孙恒在那儿，就跟他们一块儿去了。到了工棚，孙恒给工友们唱歌。让他没想到的是，那次唱歌的感觉跟从前完全不一样。

孙恒说："我唱的是自己创作的民谣《一个人的遭遇》，内容是我的朋友小吴的亲身经历。歌词基本上是他的原话，我只不过用音乐的方式把它表达出来。我身边有很多像他这样打工的朋友，我的很多歌曲的创作素材，都来源于他们。"

工棚很简陋，上下铺，里边杂乱地挂着晾晒的内衣裤。来了很多工友，他们仍旧穿着干活时的脏衣服，挤在床板上或站在地上听孙恒唱歌。孙恒抱着一把吉他，用陕西方言唱道："九点多钟有人来敲门，说我们没有暂住证，把我们送去翻沙子，收容到昌平。到了以后我发现，已经有好几百人在里面，想要出去有条件：'你可以打电话，叫人来送钱……'"

这次计划外的演出，连孙恒自己也没料到感觉会那么好，像遇到了知音一样。

孙恒说："我唱歌的时候，他们的眼睛死死地盯着我，他们的掌声、笑声那么真诚、质朴，可能别人感受不到这些。给他们唱歌，跟以前我在大学里、酒吧里唱的感觉完全不同，就好像我在跟我的兄弟姐妹聊天，像心灵之间的对话。

"这次经历对我启发特别大，我像突然醒悟一样：这里，才是我唱歌的地方！原来唱歌不仅仅是娱乐消遣，还可以服务别人，在精神上鼓舞别人，可以传递更多的信息，起到宣传的作用。我们的文艺，为什么不能直接面对最底层的劳动者？"

在外打工的生活是艰苦的，但是在艰苦的生活中不能没有歌声。歌声对于孙恒来说不仅是一种习惯，更是一种难以割舍的爱。在一天的忙碌之后，孙恒经常会抱着心爱的吉他来到工友们中间唱歌，为自己也为工友们带来欢乐。

在这种演出中，孙恒逐渐认识了一些同样爱好音乐的朋友，他们组织成立了一个“打工青年演出团”，利用业余时间进行排练和创作，专门为打工者义务演出。

“对于成功，不能只用金钱来衡量，重要的是体现出一个人的价值。”孙恒说，“我喜欢唱歌，我唱了很多歌，大家都爱听，能对别人的生活起到积极、健康的影响，这就是我的价值，也是我的成功！”

打工最光荣

“打工青年艺术团”第一场演出，是在北京一所高校的建筑工地上。在这次演出中，孙恒他们差点被人轰跑。

演出的设备非常简陋，只有两把吉他，一把口琴；麦克风是在家唱卡拉OK时用过的，绑在一根插在地里的钢筋上；两只音箱又小又旧，电视机也是临时借来的。一根电线上挂了几只照明用的小灯泡，但在台子上方有一条很醒目的条幅：“天下打工是一家”。

当孙恒他们演唱《讨工钱》这首歌时，整场演出达到了高潮，掌声、叫好声震耳欲聋。歌中唱道：“辛辛苦苦干一年，到头来不给结工钱，面善心黑的周老板，躲将起来不相见。寒冬腊月要过年，全家老小把我盼；空手而归没法办，团结一心讨工钱……”

在场的500多名农民工群情激昂，跟着孙恒齐声吼唱：“团结一心讨工钱，条件一个：结工钱！团结一心讨工钱，条件一个：结工钱！霞光万丈照天边，周老板乖乖结工钱。”

工友们特别开心，但工地老板却害怕了，出面干涉，要求马上停止演出。

“他觉得我们是在煽动工人闹事，其实我们并没有那么想。2002年，拖欠农民工工资的现象很普遍，但大家没有公开表达的渠道。”孙恒说，“工友们应该有表达自己心情的权利，能替他们说话，这也是我们艺术团的宗旨。获得劳动报酬是合情合法的，怎么能说我们是闹事呢?”

在这类演出中，艺术团经常会给工人们发一些普法的宣传材料。有时候演出结束了，真的就有工人直接去找老板，讨自己的工钱。

孙恒说：“我们的演出非常受工友们的欢迎，但最大的阻力是资方，是老板们。我们联系演出，20次能有一次成功就不错了。老板的托词是：‘我们的工人很忙，加班加点，没时间看你们演出。’

“事实上，是老板们害怕我们跟工人接触，怕我们知道他们损害工人权益的事。工地包括一些工厂，完全是封闭的，外人根本进不去，工人就跟包身工一样，谈不上有什么权益。作为一个个体，农民工为争取自身权益打官司，这个成本太高了，无论是时间、精力、金钱都耗不起。现在，农民工想通过合法途径来维护自身权益的道路并不是很畅通。”

要想做公民，还真得动点脑子

《我向总理说真话》一书的作者李昌平，偶然认识了孙恒。李昌平说：“农民工需要孙恒，劳动者需要孙恒。我和孙恒成了好朋友，我多次观看他们为农民工义务演出，农民工观看演出时的笑声、哭声、叫声、歌声，让我感受到了劳动者被压抑而渴望伸张的力量。如果有一天，天下的农民工都能感受到‘我劳动、我快乐’，那该多好啊!”

2002年，香港的一家慈善机构资助了“打工青年艺术团”，艺术团陆续添置了电子琴、架子鼓等乐器。有了固定的活动场所后，他们和明圆打工子弟学校、属地肖家河街道居委会，三方共建，成立了“农友之家”，现已有300多个注册会员，20多个骨干，3名固定工作人员。

肖家河是打工者聚集的社区，这里常住居民有4000多人，外来人口却有1.2万。他们成立协会的主要目的是，想给打工者提供一定的技能培训，传授一些知识，提高他们的生存能力。

他们建起了电脑室，20 多台旧电脑都是从社会上募捐来的，每台花了 100 元进行维修。到现在为止，他们已经办了 3 期免费电脑培训班，每期 3 周，教师是北京理工大学的志愿者。他们还出版了自己的报纸——《社区快讯》，每出一期的费用是 120 元，一共印 2000 份，由志愿者发放给打工者，文章都是自写自编的，其中有一篇署名“小山”的文章，让我印象深刻：“我们也是人，但我们‘这种人’前边还要加上‘农民’，合起来叫‘农民工人’，然后简称‘农民工’，再然后简称‘民工’，这样就打了个三折。看看，做人难呀！

“现在，我们大概知道自己是谁了：我们是‘人’，又不是‘人’。今天大家来参加活动，参加义工培训，就是做人来了。今天，我们不是打工者，我们是中华人民共和国的公民。那么，想做公民，除了受到宪法的保护之外，实际上要实现这个白纸黑字上的权利，还要大家争取。在没有财产、没有物质手段做基础的前提下，要想做公民，还真得动点脑子。”

天下打工是一家

2004 年 7 月，“打工青年艺术团”与北京京文唱片公司签约，推出了他们的首张专辑《天下打工是一家》。

同样是打工者出身的京文唱片公司老板许钟民表示：“这张 CD 不仅仅代表着‘打工青年艺术团’，在艺术团的背后，是发生在成千上万的农民、移民、新工人队伍中的文化合作运动。只要把听到的声音放到这场生机勃勃的运动中去，您就会理解为什么这些歌曲是如此的普通，却起到了惊人的作用。”

孙恒说：“这张唱片我们没有想到要赚钱，但会搞一些义卖。发这张唱片的目的，一方面是对我们两年来所唱歌曲做一次整理，因为有很多歌曲被工友们传唱，我们希望通过发唱片，能普及这些歌；另一方面，我们希望社会上关注‘三农问题’的知识分子，比如大学生、学者等，能通过文艺的方式来关注农民工。在这个时代，应该有表现打工者心声的作品。”

（摘自《读者》2006 年第 1 期）

功利性离婚

王聪聪

近日，中国青年报社会调查中心通过题客调查网和民意中国网进行的一项调查显示，81.7%的人感觉房地产调控措施及各地配套细则影响婚姻，60.2%的人认为，为规避政策或获取某些利益而离婚是对婚姻的亵渎。

81.7%的人感觉目前的房产调控措施影响婚姻

离婚买房在北京市民陈女士看来，是“现实的选择”。她是为了给孩子准备学区房离婚的。虽然当时家里只有一套房，但是由于贷款买过两套房，再买房就算第三套房，不能贷款了，她又没有能力全款买房，思虑再三决定离婚。她觉得，婚姻不在于一纸婚书，主要还是看两个人的感情。不过她坦言：“离婚对我们也有影响，我老公是外地户口，如果婚姻持续 10 年，他就能有北京户口，今年已经第 6 年了。我们权衡利弊，为孩子提供相对好的受教育环境更重要。况且，房价还在涨，耽搁的话即使贷款，也可能买不起那套房了。”

各地婚姻登记处在今年房地产市场调控措施公布后，都呈现繁忙景象。上海市闵行区民政局相关负责人透露，闵行区2013年3月的离婚人数比1月上升76%，年龄最大的离婚者为87岁。2013年3月4日（“国五条”细则出台后首个工作日），闵行区民政局出具了500多份无婚姻记录证明，51对夫妻前来办理离婚，经过工作人员核实情况，劝回8对，但剩下的43对也创下了该区单日离婚数量的最高纪录，以至于到第二天，不得不设立专门窗口，增加志愿者，提供资料预审和咨询等服务。志愿者们观察到不少不正常的现象：一些离婚当事人火气很大，因为不符合离婚条件拍桌子就骂；个别人可能由于着急买房卖房，拿着假证件就来办手续。“还有一些人来时手牵手、搂搂抱抱，离婚的理由却是感情不和，说好聚好散。公然说为买房离婚的我们肯定劝回。但只要符合法定的离婚条件，我们没有理由不给办。只要办了手续就是真离婚。”这位负责人说。

网友萌萌认为，“国五条”的颁布和实施，绝不是为了增加离婚率而给国家添堵的。任何一条法律法规都不可能没有漏洞。为“国五条”而离婚，不是政策制定有问题，而是离婚的家庭太功利，总想多占资源。她上个月按二套房政策买了套房，虽然利率和首付都提高了，但是和钱比起来，没瑕疵的感情才最重要。

北京大学法学院教授强世功认为，离婚买房对中国婚姻不会有根本性的挑战。因为家庭稳定的基础不是婚姻的外在法律形式，而是共同生活中形成的情感、责任和家庭伦理。为了房产“假离婚”，也是为了家庭共同的目的，这并不影响家庭生活本身。但他也提醒，现代社会是一个风险社会，既然享受规避规则带来的好处，就要承担由此带来的风险。江苏高院出台规定，明确通过假离婚签订协议约定房屋归配偶一方所有，弄假成真、难以复婚而主张协议无效的，除非证明胁迫或欺诈事由外，不予支持。强世功认为，这个法律方向是正确的，每个家庭的情况不同，个人在做选择时，要想到后果并承担责任。

60.2%的人认为，为规避政策或获取利益离婚是对婚姻的亵渎

“我们现在宁愿不买房，也不离婚，但谁知道以后会怎样呢?”张女士和她先生都是独生子女，以后双方的老人要来北京养老，两套房就不够住了。还有孩子上学的问题，现在房子划片的小学教育水平不高。她打算换套学区房，只能先卖掉一套房。可是学区房太贵，卖房又要交20%的个税，家人都建议她离婚卖房，一直坚持不离婚的她有些犹豫了：“如果能不折腾就满足教育和生活需求，谁愿意折腾?”

住房和城乡建设部政策研究中心科研处处长周江指出，目前国家房地产调控政策，实际是通过住房需求管理，打击投资投机性需求，将有限的住房资源更多地用于满足自主需求和改善需求。在北京、上海、广州这样的特大城市，短期内住房供求还难以实现平衡。如果不实施限购，越是有钱的家庭越有能力购买住房，住房供需和房价上涨的压力更大。限购政策主要针对第三套房及以上，已经考虑了家庭基本住房需求和改善需求，有利于保证住房资源配置的公平性。

上海政法学院女性研究中心主任陈晓敏指出，把婚姻和房子捆绑起来，婚姻变得功利化甚至工具化，并非首次出现。早在福利分房时期，就有为了房子仓促结婚、离婚的情况。毕竟，婚姻是家，家的最具象体现就是房子。在当今高房价的状态下，很多人将婚姻的严肃性和现实利益相权衡，不惜为了房子挑战婚姻的安全性。这是政策不稳定造成的投机心理，但个人选择的风险很大，今天可以为房子离婚，明天也可以为了其他利益离婚。

哪些东西不能用物质来衡量

当今社会，有哪些东西不能拿物质来衡量？调查中，67%的人首选“亲情”，61.6%的人选择“爱情”，59.1%的人选择“家庭”，接下来还有：婚姻（57.4%）、道德（54.4%）、友情（46.5%）等。

近日，网上流传一个故事：一对因买房离婚后又复婚的夫妻，看上去关系很融洽，但在离婚的一个月里，他们过得都不安心。女方说：“如果老公晚上不回家吃饭，我就会胡思乱想。”男方说：“我是净身出户，她要有别的想法，我就人财两空。”女方感慨：“这一个月真是步步惊心！”

浙江大学公共管理学院青年教师杨遴杰认为，在房地产调控政策下，不少人面临两难的尴尬境地：要保持所谓纯洁的婚姻，不受外部物质条件的影响；但不买房，闲钱投向哪里？在大多数人眼里，房子还是最好的保值品。政府应该创造出让人们从容选择的环境。政府在制定调控政策时，要充分征求各方意见，考虑到给社会带来的影响和人们可能的反应。政府应该保护家庭和婚姻关系，推动建立一个诚实守信、个体有尊严、人人重感情的社会。

强世功则认为，国家政策出台过程中，每个政策应主要考虑一个目标，并兼顾其他目标。房地产调控政策不能过多考虑对婚姻家庭的影响，因为不能假定每个家庭都会为了房子离婚。评估这项政策，首先要看能不能把房产调控的问题解决了。如果房价没下来，离婚率反倒上升了，还大大增加了社会成本，就是失败的政策。

在北京汇佳律师事务所律师邱宝昌看来，人们在不违法的情况下尽可能少缴税，这是私权利的利益和公权力的强制力的博弈。而房地产调控要起作用，关键要依法行政，政策制定要和《民法通则》《物权法》《房地产管理法》相吻合，解决土地的计划性和商品房的市场性的结构性矛盾。同时，房子这样的民生产品应该不允许投机，避免过度投资，解决好刚性需求和合理房价的关系。

让上海闵行区民政局婚姻管理相关负责人忧虑的是，这波离婚潮过后，前来复婚的人数会大幅增加。为了买房卖房，离婚时着急，离婚协议内容没有经过深思熟虑，导致一方利益严重受损，甚至人财两空；复婚时又为婚前财产问题纠结，给今后的婚姻生活埋下隐患。为了防患于未然，在婚姻登记中心的大厅里，他们设立了8块宣传板，包括《婚姻法》宣传、问题解答、资料提示等，其中一块“楼市有风险，离婚需谨慎”的公告被媒体拍照后广为传播。

“婚姻是神圣庄严的。”这位负责人说，我们现在办理结婚都让他们在国旗国徽下宣誓，强调对婚姻的忠诚和责任，不能因为受到诱惑反复结婚离婚。虽然现在婚姻自由，但是不能把婚姻当儿戏，更不能把婚姻物质化。离婚率上升影响家庭和谐、社会稳定，需要全社会共同关注。

（摘自《读者》2013年第12期）

王阿土买青蛙

陈志荣

已过花甲之年的王阿土，从未离开过这生他养他的偏远山村。前几年，大儿子承包了几十亩山坡，种上了果树。这以后，王阿土每天都要上山看看，一日不去，心里就像缺少了什么似的。今年春节一过，小儿子南下到春江县青龙镇打工。

这天，那位和小儿子一起外出打工的邻居回来了，王阿土忙去打听情况。邻居告诉他，一个月前，他的小儿子在施工时从脚手架上摔下，左脚骨折，在医院治疗，为了不使父母和哥哥担心，他一直对家里保守秘密。

俗话说："儿行千里母担忧。"得知这个消息，王阿土夫妇急得吃不下饭睡不好觉，这几天是水果收获的季节，大儿子一时走不开，王阿土只好一个人南下了。一位不会讲普通话、只认识几十个字又不会写的老人，要到千里之外的陌生地方去，难度是可想而知的。好在这里有直达春江县城的长途汽车，凭着手上那张"到春江县青龙镇"的小纸片，他问路买转车的票也还顺利，很快就找到了小儿子。小儿子已经能拄着拐杖下地走路了，但还需要继续医治。单位派专人服侍，王阿土也帮不了什么忙，住了几天就要回家。

这天上午，他来到县城汽车站，买好车票，汽车要到下午 3 点半才开，时间还早，就漫无目的地溜达起来。一走两走，他来到农贸市场，在角落里看到有人在卖青蛙，不觉心中一动，我何不买些回去呢？于是就走了过去，挑选了 25 公斤，又去买来 4 个结实的扁纸盒，借了把剪刀，四周刺了些小孔，把青蛙分开装好，用尼龙带缚住，讨了根竹棍挑到汽车站。吃过中饭，他便在候车室打起了盹。

这时，城关工商所接到群众的举报，说是有人长途贩运青蛙，还在汽车站。严所长和一位工作人员赶来了，他们顺着“呱呱”的叫声，很快找到了王阿土，把他连人带青蛙一起请上了小轿车，直接开到了工商所，弄得第一次出远门的王阿土好似米汤洗脸——糊糊涂涂，不知道自己犯了哪条法。

严所长让他坐下，然后问道：“这青蛙是不是去卖的？”

王阿土“叽里咕噜”地说了一番家乡土话，严所长一句也听不懂。王阿土也急了，连忙掏出身份证、汽车票，然后伸出手敲了敲心，又摇了摇头。

这动作严所长看明白了，他是在说自己是安分守己的老实人，青蛙不是去贩卖的。

可是，这么多青蛙，不是去卖也是自己开饭店用的，难道他们那里青蛙奇缺蛙肉昂贵？严所长严肃地说：“买卖青蛙是不法经营的行为，更不允许长途贩运，缴获的青蛙要没收后放到田野里去，对经营者还要严肃处理。”

现在电视看得多，严所长讲的又是标准的普通话，所以王阿土也能听得懂。见他们要将青蛙拿走，就一把夺下纸盒，放到一边，“扑通”一下跪在严所长面前，用这古老原始的方法求情。

严所长把他扶起来说：“大叔，不要这样，青蛙是不能让你运走的。”

看这一着不行，王阿土在贴身衣袋中摸了好一会儿，拿出 300 元钱递了过去。

严所长把钱推开后想，这点青蛙哪里值这么多钱，他为什么非要想办法拿回去呢，难道利用青蛙贩毒？就打开纸盒仔细地检查了一遍，一只只青蛙活蹦乱跳，也不像藏东西的样子，到底是为什么呢？以往，查获贩卖青蛙的事也不是一件两件，那些人对没收从来不敢说二话，有的怕处罚，常常金蝉脱壳，想法溜走，今天这老汉怎么啦，真感到棘手。

王阿土死死地护住青蛙不放，这可让严所长犯了难，毕竟不是什么极为严重的犯罪行为，再说，他们也无权把老人捆绑起来夺下青蛙去放生。看他比画着说个不休，肯定有什么原因，可能家里什么人患了疑难杂症，要用青蛙做药。严所长忽然想到，刚调来的工商局丁副局长的妻子也是老人那个县的人，把她请来做翻译，问题不但清楚了，还可以劝劝老人，让他支持他们执法。主意一定，就打了电话。

不一会儿，丁副局长的爱人来了，几句家乡土话，老人那鼓面一样紧绷绷的脸终于松弛了，讲出了买青蛙的原委。

原来，他们那里遭受到罕见的蝗虫灾害，他大儿子的果树山上都是乱舞的蝗虫和支离破碎的树叶，由于山下是一个供全乡人吃水的大水库，喷洒农药会污染饮用水，光靠人工捕捉蝗虫，已是拳头打跳蚤——无济于事了，再不采取措施就来不及了，大儿子几年的心血要付诸东流。青蛙是蝗虫的天敌，今天看到这里有卖的，他就想出了这个办法，顺便带些回去救救急。

原来如此，严所长看了一下手表，汽车快要开了，就亲自送王阿土，帮他小心翼翼地把青蛙装上汽车。3 点半，这些“庄稼卫士”终于往北而去了。

（摘自《读者》2005 年第 3 期）

关爱农村“留守孩”

庞　文

20世纪90年代以来，我国农民的社会流动规模日益扩大，逐渐成为社会流动的主体。农民工远离家乡赴外地去经商、务工，他们孩子的去留就成了一个棘手的问题。有的农民工将孩子带在自己的身边，自己务工到哪，孩子就跟随到哪。但更多的农民工则选择将孩子留在家中，交给祖辈、亲戚、代养人或教师照管。因此，目前在许多农村地区出现了一个特殊群体——“留守孩”。

我们将“留守孩”定义为因父母双方或一方在外打工而留在家乡，需要其亲人照顾的16岁以下的孩子。有关统计表明，全国的“留守孩”已近1000万人。面对如此之多正处于生理、心理、人格发展的重要阶段的孩子，有关各方必须予以重视，关爱这一特殊的社会群体。

“留守孩”的现状

由于缺少父母的关爱和监督，加上农村经济发展水平较低，社会保障欠缺等诸多因素，“留守孩”的现状不容乐观。

管理缺位 由于父母一方或者两人都不在身边，看管人对孩子的照顾和管理大都属于粗放型。在单亲家庭，留在家里的母亲或父亲角色缺位，上有老，下有小，农活家务一大堆，常常自己都忙得不可开交，很难再有时间去照顾孩子。另外，根据一项调查表明，在父母双方都外出的“留守孩”中，有 72.5%的“留守孩”与其爷爷奶奶生活在一起，约有 10%与其外公外婆生活在一起，其余部分留守在姑姑、姨妈、舅舅等亲戚家。这些委托监护人要么年纪大、知识水平有限，要么就是同时还要照顾“留守孩”和自己的孩子，因而不能对“留守孩”进行细致周到的照顾和管教，由此带来了多方面的隐患。近年来，“留守孩”中溺水、触电、车祸、自杀等意外伤亡事故时有发生，特别是在寒暑假，这类事故更加频繁，有的地方还出现了“留守孩”被人贩子拐走的事情。同时，“留守孩”失足的现象也日趋严峻，有些“留守孩”甚至沦为不良少年，涉足偷窃、抢劫乃至采用暴力手段的犯罪活动。

教育滞后 教育包括三个方面：学校教育、社会教育以及家庭教育。教育理论认为：家庭是孩子成才的摇篮，父母是孩子的第一任老师。以往，孩子多数时间在父母的眼皮底下得到教育和熏陶。而如今，父母外出的孩子一般由外公外婆或爷爷奶奶照顾，农村的老人文盲居多，仅能以语言传授自己的经验，无法给现代的孩子以更开阔的教育。因此，这些“留守孩”在学前教育阶段便缺乏良好的启蒙教育，这无疑会给他们以后的成长留下许多缺憾。另外，由于亲子分离，缺乏沟通，孩子们在学习方面出现的困难、疑惑不能得到有效及时的解决和疏导，加之代养人文化素质偏低等原因，“留守孩”的学习成绩一般都不容乐观。他们读书上进的观念淡薄，认为读书无用，自己的父母也没读什么书，照样天南地北地去挣钱，自己将来一样可以走这条路，于是厌学甚至逃学，喜欢在逃学中找乐趣，有些孩子甚至成为日不进校、夜不归宿的流浪儿。

心理脆弱　“留守孩”正处在心理发育的重要时期，在学习、生活或人际交往中会遇到许多问题，产生种种心理烦恼，突出表现为焦虑、抑郁、为学习压力感到苦恼、人际关系紧张与敏感、情绪不稳定等。他们特别需要父母的关爱、理解和帮助，而父母远在他乡，无法及时地满足他们的心理需求。代养人由于文化程度偏低、教育观念陈旧、教育方法简单，对孩子的照顾往往局限在生活上，而忽视孩子的心理需求和发展，不知如何去理解孩子。这样，“留守孩”的心理问题长期郁积，得不到缓解，极易引起性格孤僻、感情脆弱、自暴自弃等心理病变。

道德滑坡　一些原来各方面都不错的学生，由于缺乏父母的管教，有的自觉或不自觉地放松对自己的严格要求，以致道德和守纪意识有所下滑。他们沉溺于网吧、游戏厅、舞厅，极易受到社会上的一些不法分子的唆使而作出违法乱纪的事情。

综上所述，农村“留守孩”无论是在生活管理、智育方面，还是在心理发育、道德教育方面，都面临着诸多的困境。随着经济和社会的发展，随着城市化进程的进一步加快，农村劳动力向城市转移，可以预言，在今后一个相当长的时期内，“留守孩”的队伍不仅不会缩小，相反可能将进一步扩大。怎样保证“留守孩”在生理、心理各方面正常、健全、完善地发展，让他们和其他同龄人一样健康快乐地成长，已经成为一个十分现实而又亟待解决的问题。

一体两翼：关爱“留守孩”

“留守孩”的问题是一个社会问题，需要全社会协调管理，综合解决。解决这一问题可以采取一体两翼的模式：一体，即以“留守孩”为主体，不仅要关注他们身体的健康成长，更要关心他们在人格、心理方面的全面发展以及知识的顺利获得等，这也是我们关爱“留守孩”的最终目的；两翼即具体的工作方式，是以整合农村社区内的资源为一翼，以整合农村社区外的资源为另一翼。只有做到两翼互补、协调发展，才能达到为“留守孩”创造良好成长环境的效果。

有的学者认为，“留守孩”的问题起因是其父母外出务工经商，因此解决问题应从其父母着手。例如促使父母采取多种方式加强与子女的联系，鼓励父母尽量带着子女一同外出等。当然，这在我国现阶段实现难度非常大。由于农民工在外生活异常艰难，他们经常要全天候务工，没有时间照顾孩子，与孩子接触的频率也很低。以“留守孩”为主体，意味着政策的制定、社会的援助、资源的配置、关爱的环境都以“留守孩”为指向，各种解决办法综合运用于“留守孩”，为他们营造生活、发展的良好环境，促使他们健康成长。

亲缘支持 虽然“留守孩”的委托监护人大多是其爷爷奶奶或外公外婆、姑嫂叔舅，他们缺乏照料“留守孩”的科学方法和知识，但毕竟他们是这些孩子的委托监护人，负有照顾和管教的责任。社区应该为这些监护人提供学习、培训的机会，使他们了解现代社会孩子们的心理和生理情况，提高他们带孩子的水平和监护能力。当然，这种学习、培训的机会主要靠农村社区的学校和政府、工青妇、村委会等机构组织来提供。另外，当地的民政部门应定期提醒监护人，要不断地告诫外出务工的父母除了打工挣钱，千万不能忘了抚养孩子的天职，要促使他们尽可能地跟孩子多沟通、多联系，哪怕多打个电话、多写封信、多一次探望，对孩子的学习进步和成长都有不可小视的意义。

学校支持 对于“留守孩”，学校也要更多地承担起责任，以弥补这些孩子家庭教育的不足。除了加强对孩子们的知识教育外，还要重视孩子的心理教育、人格教育、性格教育等，把对孩子的亲情教育、人格教育渗透到课程教育中。可以多开展一些主题活动，让孩子们更多地感受到友爱、亲情，更好地培养他们自尊、自立、自强的人格。目前，一些地方的学校，对这方面的关注已在其所开设的课程中有所体现，但还亟须加强和发展。学校还应与“留守孩”的家长、委托监护人建立密切的联系，经常沟通，共同管理好“留守孩”。

政府（组织）支持 解决“留守孩”问题离不开农村社区和各级政府部门的指导和协作，其中各级教育行政部门的任务尤为重要。首先，要加强宣传贯彻《义务教育法》的力度。“留守孩”中的学龄儿童接受义务教育，既是他们的一项权利，也是当地各级政府部门应履行的义务和责任，尤其是乡镇应该严格依法办事，以有效措施督促农民工及其委托的子女监护人认真履行《义务教育法》，正确处理外出务工致富与教育子女的关系，把“留守孩”的辍学率降低到最低限度；其次，要对“留守孩”问题作出全面、系统、客观的分析，为决策提供有效的依据，并总结已有的解决“留守孩”问题的经验，如父母对子女监护权的委托与转移，教师与家长签订家访协议，建立社会或社区监护体系等；再次，要落实政府应承担的责任；最后，政府在管理机制上应督促家长、委托监护人等关注“留守孩”的道德建设，并可通过引导和激活社区热心人员、志愿者、退休教师等社会力量，建立青少年校外成长的教育志愿者运行机制，预防“留守孩”道德滑坡的社会网络。另外，政府还应加强与社区内的一些公益性组织的沟通，提供各种支持，以发挥这些组织在关爱“留守孩”中的作用。

（摘自《读者》2005 年第 6 期）

记忆不是为了恨

南香红

生来的义务

1995年，黑龙江召开首届细菌战研讨会，有三个浙江义乌受害人代表全村要求日本政府赔偿。而背后是日本市民团体（日本民间和平组织）“日军细菌战历史事实揭露会”出资援助在中国进行调查。

是义乌！是自己的家乡！细菌战、鼠疫、父亲、叔叔，“历史一下子回到了我眼前，有时候历史真的伸手就可以摸到的。”王选看到了这条消息，童年的记忆一下子激活了。

“我知道叔叔死于日本人在义乌放的鼠疫。

“日本人放了鼠疫，烧了大半个村子。人还没死就把他们的肢体内脏掏了去，从肿大的淋巴里获得更强大的鼠疫细菌。

“我的姑姑和叔叔逃到邻近村子的亲戚家里，一个中年妇女得了鼠疫，被扔在祠堂里，13 岁的叔叔和她感情很好，每天去看她。只有叔叔这么小的孩子才不知道怕。

“有一天叔叔号啕大哭着跑了回来，样子像是受到了极大的惊吓，一句话也说不出来，只是不停地哭号。

“叔叔可能看到了最惨的一幕，据后来村里的人说，那个女人的胳膊已经不知去向，她被日本人肢解了。

“夜里叔叔就发了高烧。村里人明白发生了什么事，就赶叔叔姑姑走。亲戚找了一块门板，把叔叔抬到崇山村外的野地里。正是寒冬，下着雪，叔叔身上烫得不敢摸，两个十多岁的孩子待在野地里，又冷又饿，没有一个人去接近他们。

“姑姑说，叔叔死的时候凄厉地嘶叫了一夜，最后整个人都蜷缩成了一团，变成了黑的。”

王选家族里有 8 口人罹难，义乌崇山村有 396 个村民死于鼠疫，中国除了新疆、西藏、青海三省区外都受过日本细菌战的多次扫荡和攻击。

王选设法联系到了报纸上提到的市民团体成员松井英介和森正孝，打电话说：“我要参加你们的调查，我是义乌人，我有义务。”

在这一刹那，王选觉得历史的大规律轮回到了她身上。叔叔的死、父亲的悲伤、自己到日本留学，这一切的一切都找到了意义。“最简单的一点，只有我能够把难懂的义乌方言翻译成日语。”王选在日本读书、工作的平静日子就这样结束了。

我要“抓权”

1996 年，调查仍在继续，诉讼就要开始。但一开记者招待会，发言的全是日本律师。“这是中国人的诉讼，应该有中国人自己的声音和地位。”

“给我一个位置。”王选提出了她的要求。

“我是一根红线，只有我能把这些老头老太太串起来，也只有我才能把他们拧成一股绳，只有我能代表他们，我懂得日本语言、法律，我可以方便地穿梭在中国、日本、美国之间。我经济独立，自己的一切往来费用自己承担，又不取一分的报酬。”

王选以当仁不让的姿态促使原告团产生，并“抓权”当了团长。王选以个人魅力号召起了 180 名原告。

1998 年日本地方法庭第一次开庭，王选以原告总代表的身份要在法庭上作陈述。

我们为什么要告？我们为什么要求赔偿？我们为什么要日本人谢罪？

王选思绪万千。

日本是第二次世界大战所有参战国中唯一使用生化、细菌武器的国家，而这一事实竟被整整掩盖了 60 年。日本从来没有公开承认过在中国实施过细菌战计划。

细菌战、活体试验是曾经发生的罪恶，而迄今为止的隐瞒、不认账是一桩正在发生的罪恶。

如果这么大的罪恶都可以一笔轻轻抹掉，这么大的罪恶竟不为世人所知，施恶者得不到惩罚，那要公理良知法律做什么？要人类的文明做什么？

王选想到了那些至今还烂着脚的穷苦的中国农民（炭疽病菌受害者）；想起了那些苦度残疾晚年的幸存者，他们的生命里更多的不是恨而是宽恕。

王选想起了那个看管 6 个“试验材料”的细菌部队士兵松本博，在挺身为中国原告团作证时，老人也亮出了内心柔软的部分——善良。

他一回到家就告诉了母亲他在中国做了什么，他的母亲说，你是个罪犯。他在结婚之前，告诉他的未婚妻自己是个罪犯，让她作出选择。

极大的恶与至纯的善，像冰与火一样淬激着王选，使她面对过多的恶而不至于陷于泥淖。“在这么强大的恶面前，善也悄悄潜伏着，再暴虐的恶也无法把它泯灭。而消解恶的途径不是回避，而是善。”

“我明白了我们揭露是为了记忆，而记忆并不是为了恨。我知道当我站在法庭上发言时，王选这个名字已经没有意义，我也不仅仅是一个原告，我代表的是屈死的灵魂。”

和平基金

2002 年 12 月 14 日我在北京机场再次见到王选时，王选又在为细菌战调查的奔波中。

“我们已经向日本高等法院提出了上诉，第二阶段的诉讼马上就要开始。”

“结局怎样很难说，赢的可能性极小。”

困难是显而易见的。29 名原告团成员已经撒手人寰，还有一批 70 多岁的人会在近年相继死去，有的人不想再告了，因为赔偿遥遥无期，连日本人的“谢罪”似乎也等不到。原告们为此付出了大量的时间和金钱，王选也为此付出了 100 万元之巨。

“我们乘坐的船行驶在冰川里，我们不得不边破冰边前进，8 年的调查、取证、开庭、申诉之后，这船并没有把我们带到终点，而是来到了一座更大的冰山脚下。”

仅靠原告团的力量，没有办法把细菌战的真相调查清楚。60 年后，很多的证据已经被毁灭，档案被故意封锁，历史见证人在死去，或永远沉默。

“我们需要社会的支持，我们需要法律工作者、流行病工作者、社会学家、历史学家以及方方面面的支持，我们还需要钱。”

但王选说他们目前得到的支持大多是来自个人的，有人给她寄来全月的工资，有人愿意参与调查，她在感动的同时，也深感孤独。社会还远远没有拧成一股力量，她一直在呼吁有一个得到承认和注册的民间团体或者在某大学里常设一个研究机构，以此来募集资金和召集有专业知识的志愿者，开展全国范围的调查。

“还原历史的真实，为了人类的和平”是王选提出的第二阶段的诉讼目标，她希望人们的思想和认识能够统一起来。

她说，她要给中国、日本、美国政府各写一份建议书，希望各方共同努力促成日本政府建立一个和平基金来处理战争和战后遗留问题。

她希望这笔基金能够建立一个制度，寻找并给予细菌战受害者、慰安妇、残疾的劳工提供一份医疗补助和生活补助，使他们的晚年免于贫病的困扰；她希望借助这个基金能够进行受害者调查，记录口述历史，建立资料，公开历史档案，资助研究，重新修补出这段历史；她还希望借助这个基金能够重新认识战争和教育后人，能够形成一项和平的事业。

她说，如果这个基金能够成立，她愿意终身为之工作和服务。

■旁证：1. 参加起诉和第一、二、三次开庭陈述意见的来自中国各地原告代表的赴日费用，由日本市民团体“日军细菌战历史事实揭露会”出资援助。

2. 参加第二次起诉的来自中国各地原告代表的赴日费用，由原日本神户华侨总会会长林同春出资援助。

3. 参加第二次起诉开庭陈述意见的来自中国各地原告代表的赴日费用，由日本律师辩护团借资援助。

4. 参加第十九、二十一、二十二次开庭出庭作证的来自中国各地的学者和原告代表的赴日费用，由世界抗日战争史实维护会、义乌民间与企业出资援助。

5. 参加第二十六次开庭的浙江省原告自费；湖南省受害者家属自费，原告部分自费。

6. 参加第二十七次开庭的浙江省原告中，义乌市崇山村原告代表费用由义乌地方赞助，衢州市代表旅费由香港史维会赞助，其他自费；湖南省原告部分自费。

[相关资料]：本案细菌战确实造成了悲惨的结果及特大的损害，不得不说旧日本军实施的该战争行为是不人道的。但是，如果仅仅在法律的框架内对本案进行探讨的话，说被告的国会违反了国家赔偿法 1 条 1 项，有该条规定的立法不作为行为是不正确的。那么，针对本案细菌战的被害者，就我国的补偿措施进行探讨的话，根据我国的国内法乃至在国内能采取的措施，是否应进行处理，如果进行处理的话，又应怎样进行处理。这些问题，在国会，在以前述的种种情况为前提的情况下，应由更高的层次进行裁量。

——日本东京地方法院细菌战诉讼判决书。

2002 年 8 月 27 日，日本东京地方法院宣判：王选和她带领的 180 名日军细菌战受害者中国原告败诉，驳回道歉和赔偿的请求。

“我们赢了，我们揭开了一个掩盖了 60 年的黑幕，世界因为这场诉讼知道了细菌战，我们的目的达到了。”——王选

王选是一名真正的爱国的中国人，她将她自己的全部生命为日本占领中国期间的暴行受害者的正义事业而战斗。她是嘹亮的号角。她是一位不同寻常的人，我的妻子和我对她的才智，她的人道主义精神以及她为全体中国人民做出的献身，表示极大的赞赏和尊敬。

——美国已故历史学家、细菌战研究者谢尔顿·H.哈里斯

（摘自《读者》2003 年第 9 期）

规则设计的博弈

张　昆

2007年的诺贝尔经济学奖颁给了赫维茨、马斯金和罗杰·迈尔森。作为机制设计理论的三位元老，他们获此殊荣早已是众望所归。

关于机制设计，曾经有人举过一个例子：为了惩罚经常迟到的家长，有一所学校规定，凡是不能按时来接孩子的家长都要被罚款，可是不曾想，迟到的家长一天比一天多，学校只好又把规定取消，但是，迟到的家长居然更多了！

小小的几块钱罚款，测出了家长们，也是普通人的某种心态。他们要么被道德动机左右，要么被经济动机左右，时刻被某种机制"激励"着。

你也许猜到了，这个故事原本是史蒂芬·列维特编的。照经济学家讲故事的惯例，仍然比较牵强——现实生活中的家长应该没有这么可恨。不过用这个例子来解释激励机制，应该够用了。列维特认为："大多数经济学家都相信，只要能够设计出适当的激励机制，这个世界上所有的问题都能够得到解决。”这正是人类的理想，虽然“无论人类设计出怎样的激励机制，总会有一群聪明或者不那么聪明的人试图寻找方法为自己谋求更大的利益”。

是的，如何为某一个利益整体进行恰当的机制设计，这是一个全人类的课题，而且显然是一个难题：学校为了达到自己特定的目的——让家长们不迟到，而决定设计特定的规则——罚款，满心希望规则的执行者——家长们按照这套博弈规则来操作，却不想被家长们钻了空子。

机制设计理论的思想渊源可以追溯到20世纪二三十年代哈耶克、米塞斯与兰格、勒纳之间关于社会主义的著名论战。后来才由赫维茨在数篇文章中提出了一个分析制度问题的一般化框架。自20世纪70年代正式创立以来，机制设计理论一直是现代经济学研究的核心主题之一。它的两个核心问题，一个是信息成本，另一个就是有效激励。因为该理论的实质，就是在委托代理和信息不对称前提下，如何设计一套激励相容的制度。简单来说，一方委托，另一方代理，委托方需要一个恰当的机制来从代理方获得足够的信息，于是必须给予对方相应的激励，但信息不对称的前提不变，因此委托方的激励是否有效，信息的成本是否物有所值，这都是难题。

近几十年来，机制设计已经被广泛运用于人力资源管理、垄断性定价、最优税收、公共经济学以及拍卖理论等诸多领域。特别是对于那些人力资源经理来说，这个问题更是要时刻面对的。

几乎在每年的春节前后，人事经理们都要面对人才市场掀起的又一股跳槽热。作为员工来讲，谁都希望自己的收入越来越多、职位越来越高，都希望工作能变得让自己更开心。当一个新的用人单位以双倍工资的许诺向某人招手，估计没有人会拒绝。当一份允许穿着睡衣和拖鞋上班的职位摆在某人面前，估计也没人会反对。面对跳槽热，为了留住那些爱“跳”的员工，许多企业的人力资源经理都费尽心机。21世纪什么最重要？人才！哪个企业不想靠一套完善的激励机制留住人才啊。

其实，跳槽者之所以选择跳槽，无非是因为收入、发展前景、人际关系或家庭的因素，这一切都可以归结为为了获取更大的利益。这里再举个例子，也许不恰当，因为要拿猪来比人。

有一头大猪和一头小猪被关在笼子里，笼子的一头是个踏板，一头是个食槽，只要这边踩下踏板，另一边就出食。显然，无论哪头猪去踩踏板都会吃点亏。一个好的机制，不会告诉两头猪该去踩踏板还是该等着吃，而是要考虑怎么把笼子重新设计一遍的问题。比如，是不是把踏板和食槽放在一边呢？这样也许两头猪都会抢着去踩踏板。

一个好的人力资源经理，就该像笼子外面的那只手，设计一套更好的激励机制，这样才能留住人才。

到目前为止，机制设计理论作为一门学科存在的时间还不长，但它的智慧光芒已经为人类社会经济的进步开辟出了一个全新的空间。空间之大，就在于它的影响不只是在经济领域，只要存在委托代理的关系，只要存在利益间的博弈，就需要机制，就必须设计。最典型的无非是皇帝与官僚之间的博弈。中国的君主专制要求集权于皇帝一身，至于如何集权，则视时代不同各有各的方式。陈寅恪曾经在论及这个问题时说："有一点是相同的，即在一个系统或一个机构中，名实不副；在不同系统之间，此一系统的权力为旁一系统所侵夺。这是一个通则，不然皇帝便很难把大权都抓到自己手上。如果各个部门、各个地方、各个官吏都有实权；名实相副，互不相妨，那皇帝还能有权?"

说得好，当皇帝就是靠变着法地让底下人窝里斗。这说的当然不是好皇上。作为委托方，从激励的方式到机制的方方面面都由皇帝来定，治下的臣子自然是被皇帝玩弄于股掌之间。什么是专制，这就是专制。

比如六朝的时候，品级高的官往往是个闲差，管不得事，反倒是小司、外监、舍人之类只有八九品的小官兼职做宰相该做的事。很多人不管正官做到多大，都必须兼一个有实权的小官才能管事。如梁朝的朱异，从当较低等级的郎官开始，就兼着个办事员级别的中书舍人，直到当上了皇帝的卫戍区司令（中领军），还是必须兼职做办事员，才能做宰相级别的事。到头来国家政出多门，官员们谁也没有实际的权力，真正有权的，只有皇帝一人，这就是机制设计。皇上设计了大家！

（摘自《读者》2008 年第 4 期）

我已经长大了

李家同

我的爸爸是任何人都会引以为荣的人。

他是位名律师，精通国际法，客户全是大公司，因此收入相当高。可是他却常常替弱势群体服务，为他们提供免费的服务。不仅如此，他每周都有一天会去励德补习班给那些青少年受刑人补习功课。每次高中放榜的时候，他都会很紧张地注意有些受刑人是否榜上有名。

我是独子，当然是三千宠爱于一身，爸爸没有惯坏我，可是他给我的实在太多了。我们家很宽敞，布置得极为优雅。爸爸的书房是清一色的深色家具：深色的书架、深色的樟木墙壁、深色的书桌、书桌上造型古雅的台灯……爸爸每天晚上都要在书房里处理一些公事。我小时常乘机进去玩，爸爸有时也会将他处理某些案件的逻辑解释给我听。他的思路永远如此合乎逻辑，以至于我从小就学会了他的那一套思维方式，每次在课堂上发言时都思路清晰，经常受到老师的表扬。

爸爸的书房里放满了书，一半是法律的，另一半是文学的，爸爸鼓励我多看那些经典名著。因为他常出国，我很小就去外国看过许多世界著名的博物馆。我隐隐约约也感到爸爸要把我培养成一个有教养的人。在爸爸的这种精心培育之下，再笨的孩子也会有教养的。

我在念小学的时候，有一天在操场上摔得头破血流。老师打电话告诉了爸爸。爸爸来了，他的黑色轿车直接开进了操场。爸爸和他的司机走下来抱我，我这才注意到司机也穿了黑色的西装。我得意得不得了，有这么一位爸爸，真是幸福的事。

我现在是大学生了，一个月才能和爸妈度一个周末。前几天放春假，爸爸叫我去垦丁，我家在那里有一幢别墅。

爸爸邀我去海边散步。太阳快下山了，爸爸在悬崖旁边坐下休息。他忽然提到最近被枪决的刘焕荣，爸爸说他非常反对死刑，虽然死刑犯从前做过坏事，可是他后来已是手无寸铁，而且有些死刑犯完全改过向善，被枪决时，甚至已经是个好人了。

我提到社会公义的问题，爸爸没有和我辩论，只说社会应该讲公义，但更应该讲宽恕。他说："我们都希望别人能宽恕我们。"

我想起爸爸以前曾做过法官，就顺口问他有没有判过犯人死刑。

爸爸说："我判过一次死刑。犯人是一位年轻的原住民，没有什么常识，他在台北打工的时候，身份证被老板娘扣住了，其实这是不合法的，任何人都不得扣留他人的身份证。他简直变成了老板娘的奴隶，在盛怒之下，他打死了老板娘。我是主审法官，将他判了死刑。事后，这位犯人在监狱里信了教，从各种迹象来看，他已改造成了好人。因此，我四处替他求情，希望他能得到特赦，免于死刑，可是没有成功。

"他被判刑以后，太太替他生了个活泼可爱的儿子。我在监狱探访他的时候，看到了那个初生婴儿的照片，想到他将成为孤儿，我伤感不已。由于他已经成为一个好人，我对当时判他的死刑痛悔不已。

“他临刑之前，我收到一封信。”

爸爸从口袋中拿出一张已经变黄的信纸，一言不发地递给了我。

法官大人：谢谢你替我做的一切努力，看来我快走了，可是我会永远感谢你的。

我有一个不情之请，请你照顾我的儿子，使他脱离无知和贫穷的环境，让他从小就接受良好的教育。求求你帮助他成为一个有教养的人，再也不能让他像我这样，糊里糊涂地浪费了一生。

我对这个孩子大为好奇，“爸爸，你是怎样照顾他的?”爸爸说：“我收养了他。”一瞬间，世界全变了。眼前的这个人不是我的爸爸，他是杀我爸爸的凶手。子报父仇，杀人者死，我跳了起来。只要我轻轻一推，爸爸就会跌到悬崖下面，摔得粉身碎骨。

可是我的亲生父亲已经宽恕了判他死刑的人。坐在这里的，是个好人，他对自己判人死刑的事情始终耿耿于怀。我的亲生父亲悔改以后，仍被处决，是社会的问题，我没有权利再犯这种错误。

如果我的亲生父亲在场，他会希望我怎么办?

我蹲了下来，轻声地对爸爸说：“爸爸，天快黑了，我们回去吧，妈妈在等我们。”

爸爸站了起来，我看到他眼中的泪水。“儿子，谢谢你，没有想到你这么快就原谅了我。”我的眼睛也因泪水而有点模糊，可是我的话却非常清晰：“爸爸，我是你的儿子，谢谢你将我抚养成人。”

这时海边刮起了垦丁常刮的大风，爸爸忽然显得有些虚弱。我扶着他，在落日的余晖里，顶着大风朝远处的灯光走去。荒野中只有我们父子二人。

我以我死去的生父为耻，但也以他为荣，他心胸宽大到可以宽恕判他死刑的人。

我以我的爸爸为荣，他对判人死刑一直感到良心不安。他已尽了他的责任，将我抚养成人，甚至对我可能结束他的生命，都有了准备。

而我呢，我觉得我又高大、又强壮，我已经长大了，只有成熟的人才会宽恕别人，才能享受到宽恕以后带来的平和。

我的亲生父亲，你可以安息了。你的儿子已经长大成人。我今天所做的事，一定是你所喜欢的。

（摘自《读者》2009 年第 2 期）

红绿灯下的法律思考

沈　肖

情境之一

在没有警察、红绿灯、指示牌、栏杆、交通规则的情况下，车水马龙、熙熙攘攘的十字路口，发生堵塞或相互碰撞似乎注定是不可避免的。这时，人们会设法解决这个问题。

他们可能会成立一个临时的机构，负责解决交通问题。但是，人们后来会发现，临时机构的成本太大；他们就会想，对这类经常发生的问题，能不能有一个常设性的机构，有一些人人都遵守的规则——这就是“有序化努力”。

于是，人们设置了警察、红绿灯、指示牌、栏杆等，制定了交通规则，力图让行人、车辆按照一定的规矩行路，由此大大减少了堵塞或相互碰撞

（当然杜绝是不可能的）。人们开始成为“制度化的动物”，在制度下安全地通过路口但是必须遵循一定的规则。当红绿灯以既定的时间有规律地转换时，通行与禁止通行的交叉替换可以使得交通处于顺畅状态，人们在红灯面前的暂时停止是为了在绿灯亮时能够安心、顺利、迅捷地通过路口。

不过，红绿灯有可能发生故障，或者交通事故发生时，红绿灯按照原有频率转换就不会再发挥其预想的作用，交通警察的临时指挥将取而代之。这时，法律就会处于危机之中，原先需要以“有序化努力”解决的事情，由于发生了一些问题，就不得不由人替代规则来指挥交通。

从这个事例中我们可以体会一些什么呢？

其一，法律是人们矫正无序、力求规则化生活的一个方面，因为规则化生活可以维护或促进人们的某种利益。交通规则是法律，红绿灯是这种法律的外在表现，人们在红绿灯之下生活有一种安全与便利。

其二，为了以一种规则化的生活样式来维护或促进自己的利益，人们需要在放弃中获得。没有红绿灯（法律的信号），人们似乎可以为所欲为，但也经常遭遇不愉快，为了获得安全与便利，人们学会在红灯面前停止。

其三，规则化的生活是一种努力，但是它与无限世界处于张力之中；由于偶然的、偶发的因素有许多，生活的无序在一定意义上是绝对存在的，随时可能对规则构成挑战，立法者预先估计不到，也就无法达到我们过去常常谈到的立法上的“规则主义”的理想。另外，如果红绿灯是法律的代言符号的话，它们发生了问题，也许就是法律本身出现了问题。

也许法律所面对的问题非现有法律能够解决，于是，法律给予了执法者便宜行事之权力，以实现法律的目标。这时，你不能再按照对法律的预期去行动了，而是要服从于没有确定预期的执法者意志。

其四，此时我们就寄希望于执法者能够根据自己的经验、对法律的理解、公平对待的立场来取代法律的指挥。同时我们会想，执法者是否公正？在法律发生问题时他能够按照法律的目的去运作、能够比较平等地对待所有当事人吗？申言之，行政官员、法官们在运用自由裁量权时，应当如何合理地运作？法律有它的有效性，但这有效性是有限的，它的限度在哪儿？可能要根据具体情境来定。这都是有序化努力与无限世界之间的张力产生的。

情境之二

1. 严冬寒夜，骑车走出北大西门，恰逢对面的绿灯转红灯。可是，此时已经午夜2点，街上车辆行人几乎绝迹。你是等待对面的红灯转为绿灯以后再通行呢，还是在观察确认安全之后骑车快速通过？

2. 或者时间提前许多，两边的车辆的确很少，间隔距离较远。一些行人顶着红灯走了过去，而另外一些行人继续在那里等待红绿灯的转换。你会怎么办？

如果你选择了等待，应该可以肯定地断言，你对法律保持着一种近似于宗教信仰般的信念。人们对法律的遵守也许基于以下这些因素之中的一个或多个：

威慑。法律一般有威慑力，违犯了便可能受到惩罚，让你觉得很难受。因此你可能不会去违犯它。

利益。人们为什么越来越多地遵守《合同法》？虽然中国传统社会并不强调人与人之间计较得那么清楚，但是现代经济社会，商业越来越发达，人们开始重视“亲兄弟，明算账”。遵守《合同法》，也许是因为它保障了利益。

道德。有些人遵循了法律，但不是有意识地去遵循，只是觉得法律符合其个人道德，认为遵守法律是遵守个人道德。

宗教信仰。在中国可能感受不到宗教信仰与法律的勾连性；在西方社会有着长久宗教渊源的国家，其宗教规训与法律规则有很多是重叠的，遵守法律就是遵守宗教信仰。

还有其他因素，这里不再列举。在以上情境中，威慑力量与道德上的约束力微乎其微，而利益的考量可能会促使你考虑顶着红灯通过，社会舆论似乎也不会对你“闯红灯”群起而攻之。因而，选择等待的你，不计法律是否存在威慑力量、是否影响你的利益、社会舆论是否支持你违法，对法律有着一种不可动摇的信仰。

对法律持有如此强烈的信仰而不计其他利害得失的人，在现实生活中确实是有的，但非常罕见。你可以从周遭的生活中发现这一点。由此，我们可以认定绝大多数人对法律采取的是一种便宜主义的立场。反而言之，即如果违背法律并不会给自己带来不便的话，包括蹲监狱、遭罚款、受斥责、负赔偿等，不妨违背之。这似乎也印证了最为接近人之天性的“经济人”假设。人是物质的动物，有很多利益的考虑，以“经济人”的假设来描述他的行为，可能更现实一些。

然而，我个人认为，对法律的信仰是法律人不可或缺的素质之一。便宜行事几乎是每个人的社会方式，不过，信仰可以激发人潜在的不可捉摸的力量，哪怕在最后的结果上表现为妥协。如果没有坚持，就只会出现迷失而不是妥协。迷失的人一次迷失就可能再也找不回自己，而妥协的人一次妥协之后还会继续努力坚持。法治的理想可能在许多时候是与现实妥协的，但如果失去了一种对法治的渴望、追求与信仰，我们又何来妥协的资本。

情境之三

从海淀图书城向南而行直至盛唐饭店附近的一段路上，经常会出现堵车现象。我曾经数次与出租车司机共同讨论过如何减少堵车现象，达成的共识是应该把某些道路改为单行道。问题是，假设许多人都如此认为，汽车司机或乘客是否有权利不顾现有的红绿灯设置呢？

那么多红绿灯的设置，就如同法律的设置，是否便利于它统治的臣民，或者受众？作为法律管辖下的老百姓，我们可以批评它；问题是如果它不改变，能不能为表示抗议而闯红灯？这个问题涉及二战后很多人提出来的法的合法性问题。

法的合法性问题长久以来一直存在。亚里士多德很早就谈到法治的两个要素：一个是制定的法律得到人们的普遍遵守；二是已经制定的法律是良法。什么样的法律是良法，什么样的法律是恶法，恶法到底是不是法，恶法到底要不要服从，在这个问题上有两个学派：

实证主义法学和自然法学。实证主义法学认为法律就是主权者的命令，可以从法律的等级结构中最终找到一个实在的法律；后者认为，简单地说，就是在世俗的法律或者实在的法律之外有一个评价的因素，无论是上帝的法还是符合人性的法。这两种学派不断地争论：法律一旦发生暴虐的情况，应该如何对待？

从《宪法》上来说，言论自由是一个很大的保障。人们可以用口头的、书面的形式来表达对法的合法性的质疑；还可以进行和平的群众集会；还可以示威游行。这些自由的行使对于个人的物质和精神的幸福来说是重要的，对于政府的有效性和生命力也是很重要的。一个政府可能因为长期按照规则行事而成为一部懒惰的机器、生锈的机器，需要有人不断给它提供养分，才会有生机。这些自由实际上造成了一种开放社会的环境，人们可以相互交流，可以去说服别人接受自己的观点，能够从少数人的意见扩大为多数人的意见。

那么，这种自由权利的行使是无限的吗？这当然是受到限制的。遵循法律是通往自由的唯一之路，这是英语里一句古老的谚语。在信奉法律与违犯法律或基于良知的违犯法律之间，应该如何协调？如果我认为法律违反了我的道德信念，违背了我的宗教信仰时，应该采取什么方式去反对这样的法律？在质疑法的合法性时，应当是和平的、温和的，而不是暴力的，也不可以违背对所有人都平等对待的法律。在我们刚才假设的情境中，你是没有权利通过红绿灯的。因为在大多数人还遵循规则时，在所有人都平等地适用规则时，闯红灯就可能导致交通的阻碍，可能会损害他人权利。

情境之四

一位行政法教授刚买了车，还不很熟练，一次与一位同伴出门时闯了红灯。他们俩便与警察讨价还价，说，“我们都是某某大学的教授，交通法规起草时我们还参与过论证”。

最后警察“放水”了。

我读博士生时，有一次帮我的导师搬家。搬完后，我乘搬家用的车（是北大的车）回北大，路上就我和司机两人。我们后面有一辆小巴，超车时把北大车刮了一下，前面的一块板给撞断了。那辆小巴可能没注意到，继续往前走。北大司机很恼火，追上去一横，挡住了小巴的去路，然后两个司机堵在路上开始吵。后来警察来了，听完原委，他第一句话就问：“你们愿意公了还是私了？”私了是小巴司机给北大司机 200 元钱，小巴司机不干，于是警察开了一张单子，让到清河交警支队去公了。到那儿以后，负责处理的警察叫各填一张“交通事故说明表”。我们这边由北大司机口述，我笔录，并修饰了一下，十分钟就写完了；那个小巴司机半个多小时才回来，表格上只有歪歪扭扭几行字。负责人一看这样两张表，就对小巴司机说：“你看，事情是怎么发生的，你是怎么超车的、撞到了什么东西，人家都写得清清楚楚，这就是你的不对了。”小巴司机没话说了，因为他也不怎么识字。最终他掏了 200 元钱。

你可以从这两个事例中感觉到一种权力的存在，不是官方的权力，而是福柯等学者开始提出、现在很多青年学者在讨论的一种无所不在的权力。正如培根所说，知识就是权力，你的知识决定了你的身份、你的地位、你的形象、你的可能在纠纷中所处的优势，它可能是无形的，但一定存在。你所拥有的这种权力是法律无法遏制的，法律不可能真正做到使双方站在同一起跑线的状况，这在生活中随处可见。假如你是一家刚成立的小公司，与大公司签合同时便会完全处于弱势。又如你是一家大公司的雇员，你可能为得到其优厚的待遇而不得不接受种种条件的约束。权力上的优劣永远存在，法律无法解决这一问题。刚才所说的事例一中，如果执法者严格执法，就不存在我们考虑的问题，可是执法者是有自由裁量权的，他既可以警告，也可以罚款，却最终选择了“放水”。事例二更简单，执法者是在严格执法，但他对不同的人表现出的态度就不一样。法律与正义经常被放在一起，但生活中法律不能解决所有正义，在我刚才所讲的事例中，如果警察当时只给小巴司机表格而不给我们，那么他是滥用职权，因为法律要求对当事人同等对待；但实情不是这样，双方都给了表格。由此也许可以得出一个结论：法律是保障最低限度的正义的，或者说是一种底线的保障。要想解决社会中随处可见的权力优势，恐怕法律不是一剂万能的良药。

（摘自《读者》2003 年第 9 期）

追索敦煌文物的老人

徐广顺

“世界应该给中国一个说法”

还是那身朴素得略显寒酸的装束，还是那副迟缓得略觉愚钝的口吻，然而，就是他——一位年近九旬的老人，说出话来却令半个世界震惊：“对于那些流失海外的敦煌文物，世界应该给中国一个说法！”

享有世界级声誉的东方文化大师、北京大学教授季羡林老先生一生都未停止过思考。

此前，他曾完成了译自梵文的印度迦梨陀娑的著名剧本《沙恭达罗》和印度的《五卷书》以及印度大史诗《罗摩衍那》的翻译工作。如今，面对新世纪的大门，他又语出惊人、掷地有声。

1999 年年初，我就听说季老先生会同我国历史考古学家宿白、马世长、荣新江、柴剑虹等知名学者发出了呼吁，拟将通过法律手段把当年被帝国主义列强非法盗运、贩卖出境的敦煌文物（主要是莫高窟藏经洞里的经卷与绘画）索要回来。为此，笔者走访了季羡林老人。

老人谈起那些流失海外的敦煌文物略显激动。他告诉我，2000 年就是在世界文化史中占据着重要位置的敦煌藏经洞被发现 100 周年，100 年前(1900 年)，敦煌莫高窟道长王圆箓在一次清理流沙的时候无意中发现了一个洞穴。他万万没有想到在这个不为人知的洞穴中竟堆放着数万卷经卷。王道士不知道上边写着什么，也不知道这些经卷是做何用的。这个愚昧无知的王道士更没有想到藏经洞的发现会派生出一个伟大的学科——敦煌学。正是这个敦煌学将改写我国数千年的文化史。

然而，谁也没有想到藏经洞发现之日，便是敦煌文物开始遭受毁灭之时。就在这一年的秋天，毕业于英国剑桥大学的考古学家斯坦因，从印度出发沿丝绸之路来到这里。他以欺骗的方式从愚昧无知的王道士手中骗取了 24 箱经卷，其中包括举世闻名的公元 868 年雕印的《金刚经》。消息传出，震惊国际学术界。同时，世界各国的“文明”强盗也追踪而至。据悉，在过去百年间，敦煌藏经洞中约 6 万卷古本经卷惨遭掠夺，其中诸多价值连城的文物散失于英、法、美、日、俄等 13 个国家，而中国目前所剩无几。

当中国学者向英、美、法、德、日等国发出索回敦煌文物的呼吁后，有法律权威人士认为，此举并非意气之争。随着当今国际社会禁止文物进出口的呼声日渐高涨，有关国际组织已经制定和签署了一系列保护文物的国际公约，如《关于禁止和防止非法进出口文化财产和非法转让其所有权的方法的公约》《国际统一私法协会关于被盗或者非法进出口文物转让其所有权的方法的公约》《国际统一私法协会关于被盗或者非法进出口文物的公约》等。此前，欧洲国家就曾向埃及归还过被他们掠走的金字塔文物。而今，中国人民向有关国家索要敦煌文物是有法可依、有据可查的。此举之意义无可估量。季羡林老先生还愤然疾呼道：“那些发达国家不能一方面要求发展中国家维护他们的知识产权，却对他们以前掠夺发展中国家的文化知识和经济财富的事实视而不见，这些国家必须表现出应有的诚意。”

据悉，辽宁的一家企业曾表示愿意出资赞助这项耗资巨大的诉讼活动，并将其交由一名谙熟有关法律的美国律师具体操作，但因种种原因，目前诉讼暂时搁浅。

鉴定敦煌文物刻不容缓

“为什么说敦煌藏经洞的发现将改写中国数千年的文化史?”

我对这个近乎耸人听闻的话题极感兴趣。

季老先生解释说，考古学家们在认真研究藏经洞中残存的部分经卷后发现，中国现在所传的佛教、道教以及儒家的经典书卷，几乎都是宋、元以后的版本，与敦煌藏经洞中的版本有很大出入，其内容也有许多谬误之处，其中包括《尚书》《诗经》《论语》《孝经》《周易》《礼记》《道德经》《金刚经》以及《春秋左氏传》等。其原因很简单，那是因为从秦始皇始，历朝历代的君王登基后的第一件事就是“焚书”，他们要销毁一切前朝遗留下来的不利于自己统治的书籍。而大多数正版书籍均藏于皇家宫内，流失在民间的多为传抄本，因此销毁并不费多大气力。

中国文化经过数千年、十多个朝代的更迭，原始正版书籍几近消亡。然而，从汉代之前便有中国的文化使者往来于“丝绸之路”，正是这些人由于种种原因常将一些包括《尚书》《诗经》《周易》《论语》《德道经》（正版的《道德经》应称为《德道经》）《金刚经》等古本经卷藏于必经之路敦煌。由于中原朝代更迭的战火很少波及这里，因此，众多的古本经卷得以在藏经洞中幸存下来。

“又是谁将历代文化使者存放在敦煌的 6 万卷古本经卷陆续藏匿于藏经洞的呢?”我对此抱有疑问。

“这个问题至今还是个谜。那 6 万卷古本经卷究竟是某些人在数百年乃至上千年的过程中陆续藏于藏经洞的，还是后来的某个人为躲避什么灾难一次性藏于藏经洞的，至今还无人能说得清楚。”

笔者在与季老先生等人的交往中还发现这些可敬的中国学者们的另一种心态：他们所面临的不仅仅是“索要”问题，他们最大的愿望是在自己有生之年让全中国乃至全世界对“敦煌学”有所认识。他曾多次强调这样一个观点：“敦煌在中国，敦煌学在世界。”100 年前敦煌藏经洞的发现令世界震惊，它甚至改写了东方文化的历史。藏经洞一被发现，世界便掀起了研究“敦煌学”的热潮。也就是说，如今的敦煌学已无地域的限制，它比肩于玛雅文化、希腊文化，早已是世界文化遗产的重要组成部分，只是人们至今还没有正确地认识而已。

当年，存放于藏经洞中的 6 万卷古本经卷是研究“敦煌学”必不可少的资料。遗憾的是，万卷经卷中最有价值的那部分却流失海外。为了保持中华文化的完整性，索回敦煌文物刻不容缓。

季羡林、柴剑虹等学者还明确指出：“敦煌文物，不仅仅是索回。趁老专家还健在，及时对海外敦煌文物进行鉴定，摸清家底是一项刻不容缓的任务。至于收藏在国外私人手中的敦煌文物也应该遵照有关法律与公约，防止转卖行为造成失散或因非法仿制作伪造成混乱。”几年前，我国著名的文物鉴赏家、书法家启功先生出访法国、英国和日本时，曾有幸亲眼见到这些失散海外的部分藏经洞经卷。在震惊、感叹之余，老先生还感到一种从未有过的不安，因为他发现一些利欲熏心的海外文化商人竟将许多赝品混杂其中。在中国，能够辨其真伪者已寥寥无几。如若不能在老专家们还健在时，对那些流失海外的敦煌文物进行必要的鉴别，那么百年之后，这必将是一笔永远也理不清的糊涂账。

一场空前的尊严之战

季老先生毫不否认“索要敦煌文物”一事远比人们想象的要复杂，“诉讼之路”必定艰苦而漫长。但是，无论这场诉讼将来的结果如何，都无法抹杀提起诉讼以及诉讼过程的意义。敢于依法与英、法、日、俄、美等列强对簿公堂，讨要说法，仅此一举，就足以证明中国屈辱的历史已经一去不复返了，一个强大的有着无上自尊的中国已堂堂正正地屹立于世界之林！这无疑是一场空前的尊严之战！

如果你追求阳光，就躲不开身后的阴影。即使是对真理的追求也将付出沉重的代价。

季老先生等人的呼吁不仅遭受到那些曾将敦煌文物窃为己有的某些国家的反对，即使是在中国学术界内部也有人提出非议。多年来，在敦煌文物归属问题上，国内学术界一直存在着激烈的争论，莫衷一是。甚至有人提出荒谬的“掠夺有功论”。

在某些人看来，如今保存在罗浮宫、大英博物馆中的那些价值连城的敦煌文物，若不是被当年的俄国人鄂登堡、英国人斯坦因、法国人伯希和、美国人华尔纳和日本人橘瑞超之流盗走，恐怕早就销毁在后来的战乱之中了。面对这些谬论，季老先生曾嘲讽说：“假如你家失窃后又着火，那么小偷就得标榜为功臣了？一派胡言！”

季老先生直言不讳道：“首先要搞清当年的‘掠夺’究竟属什么性质；其次，要与英、法、美等国家博物馆扩大合作，共同谴责新的盗卖文物行为。”他认为，无论那些失散的文物如今放在哪里，必须承认一个事实——它们的所有权属于中国！

敦煌文物回归是一个十分敏感而复杂的问题，涉及一系列法律、公约，是政府间的行为。

季羡林等老先生直言道："我们这一代人也许等不到敦煌文物回归的那一天了，但我们相信后人会比今人更聪明，会用更加睿智的方法来圆满解决它，珍贵的文化遗产需要全人类共同保护、继承与发扬。"

面对季老先生诸人的世纪末的呼吁，每一个有责任心的中国人谁还能再保持沉默？

（摘自《读者》2000 年第 6 期）

人为什么要遵守规则

信春鹰

在国外访问，见到几个留学的中国孩子。一个孩子因为经常逃学，考试未能通过。我问："通不过是不是要重修?"孩子得意地说："别人要重修，我才不那么傻。"他告诉我，学校的规则是，考试没有通过的学生，如果有医生证明学生在考试期间生病了，可以在一定时间内补考。补考的卷子和原来的卷子基本一样，大概只有百分之二十的题有差异。"我可以让考完试的同学把题告诉我，这样至少可以拿60分。"

"你怎么才能拿到医生的证明呢?"

"去唐人街找中国医生，送他一个小礼物就行了。"

看着他清澈而明亮且充满得意的眼眸，我心里涌上一种悲哀。学校的制度想必是经过充分论证的，其前提假设是每个没有通过考试的学生都是诚实的人，给诚实的学生一个补救的机会，这是教育制度的合理性之一。这个制度在这所有着百年历史的世界名校公平而有效地适用多年，在这个中国孩子这里竟然失效了。

这样的例子很多。从托福的分数到个人成绩单，小到个人资料，大到以国家名义进行的公证，那些以诚实为前提的规则被我们的同胞耍得一塌糊涂。由于这样的行为被频频发现，很多国家都对中国人采取了严密的防范措施。例如，有些大学在录取中国学生时不得不增设更多的标准，以保证被录取的学生是“真材实料”。美国哈佛大学法学院的硕士项目曾要求中国学生的推荐人要写中文推荐信，而且最好手写，因为他们发现那些使用了最诚挚最美好语言的英文推荐，大部分出自被推荐人自己之手。我们这个民族的公信度由于人们对规则的不恭而受到伤害。

遵守规则和诚信之间的关系很具有一些哲理性。规则是约束人们行为的，是社会对应然行为的抽象。抽象的行为规则很有一些符号特征，就如马路上的红绿灯。当规则适用于社会现实的时候，如果现实是虚假的或者扭曲的，规则的意义就不复存在了。把这个意思倒过来说，从虚开增值税发票到卖假货，所有逃避规则的行为都是虚假的。在这个意义上，法治国家的前提条件是诚信社会。没有诚信社会，法治国家就是水中月、镜中花。那么，一个法律制度的设计，应该怎样才能使人诚信并自觉地遵守规则呢？

抛却道德说教，保证规则得以遵守的最有效机制是利益调整。人类社会需要规则，因为规则是社会得以维持的必要条件。在一个特定的空间中，如果只有一个人，规则是不必要的。如果多了一个人，一些简单的规则就必需了。比如，两个人如何互不干扰，再进一步，如何互相协调。不幸的是，社会是由很多人组成的，他们不得不依照规则来分享自然、社会、政治和权利资源，因此，规则和人类社会共生，按照自然法学家的说法，是为了保证人类不在互相争夺中毁灭。国家产生以后，在社会中占支配地位的力量所制定的规则获得国家强力的支持，但是规则的遵守主要还是要依靠社会成员的内心对规则的尊重，前提是遵守规则给每个人带来好处。

人为什么不遵守规则，或者说人在什么条件下不遵守规则？答案很简单，如果不遵守规则不会受到惩罚而且能够带来利益，那么人们一定不遵守规则。偷税漏税是典型的例子，买卖假文凭也是典型的例子。一个社会最可怕的是形成一个破坏规则的链条，在这个链条的作用下，破坏规则的行为得到最大限度的承认和保护。例如，凭借假学历凑够升迁的条件，前提是负责升迁的部门认可假学历。遵守规则是利益驱动，不遵守规则也是利益驱动。因此，从制度设计来说，迫使人们遵守规则的最有效手段是运用利益机制，使其损失大于其对收益的期待。

然而，这么简单的问题在我们的社会中却要复杂许多。中国是儒家思想的故乡。儒家文化，讲究的是礼。礼的核心是不同的社会阶级遵守不同的行为规范，所谓“君君、臣臣、父父、子子”，别亲疏，殊贵贱，每个人因为遵守不同的规则而获得自己的最大利益，社会也因而形成一个和谐的整体。个人的高贵与卑贱经常是和处在什么样的规则调整范围联系着的。故中国虽然是历史悠久的文明古国，也是世界上最早有成文法的国家，发达的规则曾为亚洲其他国家的楷模。但是不遵守规则，或者遵守与别人不同的规则是隐藏在国人心中的一种欲望，此欲望的实现，即使不能带来利益，也能带来与众不同的感受。即使到了今天，有些人一旦能够通过不遵守规则或者破坏规则而获得利益，则不但窃喜于胸，而且溢于言表。

更为重要的是，在我们的历史文献和文化遗产中，制定规则者玩弄规则的事例被用来证明智慧，躲过法网是最重要的处世之道。西方用苏格拉底饮鸩自尽的故事证明他对规则的尊重，中国人从中看到的是迂腐。我们自豪的故事是曹操军法严明，但是可以“割发代首”，既表现了法律的威严，也开了法网一面，只有中国人才有此绝招。中国历史上大大小小的战争总有一个规律，赢家都是以“智”取胜，“智”表现为狡猾，所谓“兵不厌诈”是也，两军相对，你死我活，没有规则可言。与此相对照，西方历史上的战争，特别是冷兵器时代的战争，特别讲究规则。如何击鼓开战，如何布阵，如何进攻，如何鸣金收兵等等，均有严格规定，双方必须遵守。甚至个人之间矛盾的处理，也表现了对规则的不同态度。在矛盾不可调和的情况下，中国传统文化讲究“一日百战”，钩心斗角，杀人不见血。西方讲究决斗，两个带着致命武器的人为了利益或者名誉公开杀个你死我活，决斗之前要宣誓，表明自己不用阴谋暗箭。看外国电影中决斗的场面，总有自己支持的一方，心里希望他机灵点，49 步就回头向对方开枪，可他偏偏按规则走 50 步，一个迟疑，结果被对方打死了。我喜爱的诗人普希金就死于与一名法国男爵的决斗，这曾经是我心里的一个结：这个天才为什么这么傻？有一次和同事笑谈至此，看法不谋而合，看来我们都受了中国传统文化的熏陶。在中国的文明史上，各种治国学说主张不同，但重“术”轻“法”是共同的。对人物的评价也表现了这种倾向，即讲规则者败，不讲规则讲谋略者成，成者王侯败者贼。在这样的文化导向之下，一代又一代的人们从小就盘算着怎样凌驾于规则之上或游离于规则之外。结果是时光进入 21 世纪，建设法治国家早已成为治国方略，但我们看到的不是遵守游戏规则，而是把规则当游戏：三个人以上的排队就会有人加塞、“闯红灯”成为经验和美谈等等。对没有机会从偷税漏税等富人的游戏中获得精神和物质满足的普通人来说，破坏排队或者交通秩序虽然不能带来明显的好处，但至少也能满足一种心理。这可能是导致普遍破坏规则现象的一个原因。

开头提到的那个中国学生，在一个普遍遵守规则的社会里，他的狡黠仍然可能给他一时的利益，这个利益就是他没有付出努力也通过了考试，对于努力学习的其他同学来说，这无疑是不公平的。制度的设立者不会想到有人会这样来瓦解这个规则。但是假设下一步他继续这样做，学校必然会发现其中的猫腻，等待他的是开除学籍甚至限期离境的处理。有了这样记录的学生在一个讲信誉的法制社会无法生存，他人生的轨迹就这样改变了。假设学校愚蠢地发现不了，结果对他更糟。首先他会在求职中碰壁，因为他连考官提出的最简单的问题也回答不了。很快人们就会发现他是一个劣等学生，成绩单和现实的不符的原因将昭示于天下。时光在玩弄雕虫小技中流走，他连重新做人的机会可能都没有了。推想至此，我打了一个寒噤，决定要对他讲清楚这个道理。我对他说，孩子，尊重和遵守规则是一种教养、一种风度、一种文化、一个现代人必需的品格。没有这样一种品格，你将无法在社会中生存。不遵守规则，你失掉的是信誉。这是比生命更重要的东西。你有没有听说温州和汕头的企业重建信誉的努力和他们面临的艰难？个人也罢，企业也罢，不遵守规则可得到的一时的利益和长远的损失相比，后者是巨大的，甚至是不可弥补的。

他茫然地点点头。

（摘自《读者》2004 年第 21 期）

毛乌素，治沙劳模的光荣与尴尬

张立勤

治沙女杰堵不住债务窟窿

白春兰的家就在“一棵树”。“一棵树”以前真的只有一棵树，就在宁夏盐池县沙边子村。这儿处于毛乌素沙漠的南缘。

现在，“一棵树”终于成了“十万棵树”。

24年前，年轻的白春兰憋着一肚子气在沙边子村发誓，这儿有水，不怕种不活树，不信就治不了这沙！

可现在，白春兰眼望着2400亩越长越高的林子，忧心忡忡。

“本来指望着种上树，长大了能卖钱，可是……”

本来，治沙造林一直是国有林场的事情。20世纪80年代初以来，国家林业部落实了林业生产责任制，鼓励群众从国有林场承包治沙，实行“谁治理、谁管护、谁受益”的政策，陕西省定边县、靖边县，宁夏盐池县等毛乌素沙漠的边缘地区，逐渐涌现了一批民间治沙大户。比如白春兰。

可是到了 2002 年 1 月，我国开始实施《防沙治沙法》，禁止砍伐生态林，县里也出台了“砍一罚十”的处理办法。

开始是惊讶，继而是懊恼，接着就是叹气。白春兰只觉得自己当初种树致富的梦想就这样破灭了。

树不仅卖不了钱，她还欠下了一屁股的债。从 1980 年治沙到现在，她累计投入一百多万元，其中贷款 60 万元。去年有 30 万元已经到期，另外 30 万元明年就到期，每年得还上 4 万元的利息。

“这么大一笔款子压得人心直发慌。”她对前来考察、采访的人反复念叨。

“啥时能还清?”有人问。

“哪能还得清？树不让卖，我现在就是没钱!”

在白春兰的家里，有一间“荣誉陈列室”，铺天盖地的荣誉证书和奖杯，与她无奈的表情形成强烈对比。

从 1985 年起，白春兰就获得了国家林业部、宁夏回族自治区颁发的“治沙女杰”“绿化标兵”“扶贫女状元”等荣誉称号。

白春兰抚摩着大红奖章，嘴角泛起一丝苦涩的笑，喃喃道：“劳模不好当，以前再苦，可没欠债，心里踏实；现在这么穷，压力就大了。”

一边是借条，一边是希望

晚饭是一大盆酱油土豆烧白菜，还有一锅米饭。一家人蹲着就吃开了。

多少年就是这样粗糙地过下来的。

如果不是治沙欠下的 252 万元贷款，牛玉琴的日子会是村里最红火的。

她的家在陕西省靖边县东坑镇金鸡沙村。15 口人的家，牛玉琴是主心骨。小儿子张立强已经从西北农林科技大学毕业，是家里最有文化的，成了母亲的军师。

踏上高处的沙丘，牛玉琴的目光就紧盯着沙地："瞧，这些杨树苗子、沙米苗子今春才种下的，都冒出来了……"看孩子似的怜爱、温柔。

"我8岁时来这里，能看到这样的绿苗子，就稀罕得很咧。"儿子张立强抓起一把土，往下深刨了几下，"看看，种活了树和草，土质都变了，松软得很，再过几年，种啥啥不长？"

现在树间就种了20亩甘草、大黄，这是实验性的小面积种植。"治理沙地后，地的储水储肥量提高了，可以种药材，这是以前没法想象的。"牛玉琴的表情有几分欣慰。

从1984年承包了靖边县金鸡沙村1万亩沙地起，牛玉琴至今已签下了11万亩沙地的承包合同。一家人苦干巧干，光杨树就种活了一千多万棵，在她的沙地版图上，"绿区"已经延伸到8万亩，而"红区"在一天天萎缩。

"治沙最困难的就是资金。"牛玉琴说。

这么多年，树种了不少，可外债累累，家里的借条就有一大摞。打一开始就借高利贷，5分、3分、2.5分利的，她都咬着牙借，光这些欠债就有几十万。到现在，从农行、建行贷的252万元还没还，眼看就要到期了，拿什么去还？

有一年，她上省城开陕西省劳模会，临走时，瞧了瞧身上补丁摞补丁的衣服，犯了难。

"当时没法子，借了县妇联主任的衣服装了回体面，临了她还塞给我5元饭钱。"牛玉琴猛吸了口烟，又沉默了。

"绿色银行"取不来钱

有人曾给石光银种树的数量打了个比方：把这些树从定边一路排下去，可以一直排到北京。

说起这事，石光银挺自豪。这些年，他获得的荣誉称号、证书和奖章自己都数不清，有省里颁的，有国家发的，还有联合国的。他最看重的还是国家林业部颁的“治沙英雄”的称号。

石光银的治沙“雪球”是毛乌素滚得最大的。20年前，他咬牙卖了家里当作命根子的牲口买树苗子治沙，干到今天，他已经大张旗鼓地搞起了股份制治沙——就是让农户以劳力入股，滚动发展。

至2004年年初，石光银与国有林场、村委会先后签下了6份承包治理荒沙的合同，面积达22.8万亩，已治理面积达到21.7万亩。

可是，此时的石光银正被1000万元贷款压得直不起腰来。这还不算，外界还很怀疑：1000万贷款都用在了哪儿？治沙能花这么多？

这个问题立刻激怒了石光银，他双手挥舞：“一定要跟你算清这笔账，也好对群众和国家有个交代!”

从1984年治沙起，石光银就开始借高利贷，3分、5分利的都有，驴打滚儿借贷还贷，连本带利就是三十多万。

“不借咋办？拿什么来治沙？”他的八字眉皱成个愁苦的小山，黑黑的脸上敛起仅存的一点笑意。

石光银望着窗外的丛丛绿色，陷入了空前绝境：“绿色银行”取不来钱哪!

1997—1998年，石光银获得政策性贷款360万元，还清了所有的高利贷、欠债和劳务费。

2001年，林业部了解情况后优先照顾，他一咬牙贷了一千多万，首先得还到期的贷款，连本带利还掉了510万。剩下的贷款又往沙地里投。

这些年来，治沙只有投入没有产出，何谈偿还一千多万元贷款？

最近一次贷款，他拿的是三十多家亲戚朋友的房产做的抵押。

“老石要是林子造不成，倒闭了，我们的房子也没了!”亲戚们忐忑不安。

现在石光银还是一门心思想着治沙。他没事时就爱到林子里转悠，看看杨树是不是又高了一截，沙柳是不是该平茬了，边走边比画，抚抚这棵树，摸摸那株苗子，笑起来很忘情，幸福得像个老小孩。

即便政策允许伐树兑现，他会舍得吗？

现在治沙，后代致富

“民间治沙肯定是将来发展的一种方向。”定边县林业局副局长李青山预言。

是将来发展的方向，可现在该怎么应对呢？白春兰一门心思想着找门路挣钱，想填补治沙留下的窟窿。

这几年，政府先后帮她打水井、盖牛棚，提供了几万元的“经济救助”，还是填不满治沙的窟窿。

说起来，当时政府对白春兰这个模范实在是很照顾的。

进入2000年后，为了激发民间治沙的积极性，国家先后颁布了一系列的法规、政策。毛乌素周边各县也先后出台了相应的具体实施办法。

石光银的问题终于引起了林业部的重视，经过调查后上面有了精神：应该帮助石光银还旧贷，贷新款，减轻他越来越重的财务负担。同时，鉴于牛玉琴的问题与此类似，林业部同样批示“应该调查，予以解决”。

石光银、牛玉琴大松了一口气。

白春兰有时眼望着屋前望不到边的林子，喃喃道：“要说咱没钱也不对呀，喏，这些树可都是钱，可兑得了现吗？”偶尔，她也宽慰自己：“我现在是治穷了，可子孙后代就致富了。”

（摘自《读者》2004年第24期）

网络行动能改变世界吗

沈小猫

1

12 月严重的雾霾天气里，我的微信朋友圈被一条呼吁刷屏了：

既然无法短期内从根本上解决雾霾，就请给所有学校包括幼儿园安装可去除 PM2.5 的新风系统或空气净化器，并定期更换滤芯。

往前几个月，微信朋友圈出现了“人贩子一律判死刑”帖，让网民作出承诺，建议国家修改贩卖儿童的法律，买卖孩子的都判死刑。“不求点赞，只求扩散”更让这一话题迅速发酵，在网络和传统媒体引发了热烈讨论。

中国网民就朱令案、Gmail 解封、豆腐脑应该是甜的还是咸的等等大事小事进行了踊跃的热议。

以上几例尽管时间、地点、人物大相径庭，却有一个共同点：它们都可归为网络行动。这个词泛指各种利用互联网来推进或影响社会、政治、经济、文化、环境保护等公共事务的行为。

互联网时代，“行动”的门槛变得前所未有的低。点个赞，签个名，转发一项倡议，参与一项讨论，只要在网络上对某个公共话题付出些微的努力，都可以说是“行动”的一种。正因为它包罗万象，这一现象也出现了众多别名，比如“懒汉行动主义”“点击主义”“键盘侠”等等。种种别名虽各有侧重，却都难免带有嘲谑甚至谴责的意味。

2

嘲谑的原因之一，是网络行动的动因往往经不起推敲。

给一篇文章点赞前，你真的仔细读明白了吗？分享一条捐款链接之前，你真的搞清楚钱捐给谁和怎么花了吗？就某个话题大发宏论之前，你真的了解这件事的来龙去脉吗？在参与热火朝天的网络骂战之前，你真的抱着开放、理性的心态，为理解对立面的观点而作出真诚的努力了吗？

可惜，对一部分网络行动而言，以上答案都是否定的。

在互联网空间，参与公共事务的行为本身具有了自我标榜的意义。特别是社交媒体，提供了一个半公开的空间，给了普通人一个展示自己的舞台。网民在社交媒体上可以构建一个更积极、更“高大上”的自我。研究表明，大多数人在社交媒体上公开状态（针对所有好友）和私人消息（只针对特定好友）的内容和语调有明显不同。前者往往比后者传递了更多积极正面的情绪（也就是说，在社交媒体上“装”是一种必然）。转发、点赞，在朋友圈分享自己的公共参与行动，是一种建构自我形象的过程。当个体的虚荣心和表现欲得到满足以后，网络行动往往止步于此。

而在匿名的网络社区，参与网络行动的动机则更加多样。匿名性给了我们一层虚假的保护膜（可以说，真正的匿名性在互联网上并不存在），在某种程度上可为所欲为。媒体研究者 Joseph Reagle 称，匿名评论是网络世界的“下只角”，在键盘后面是各种人性的阴暗面。殊不见，公知大 V 的微博留言里，俯拾皆是掐架的、泄愤的、写段子的、传谣言的、占沙发的、打酱油的、搞行为艺术的、做小广告的……键盘一点，便是刷存在感的方式。

3

嘲谑的原因之二，是网络行动到底有什么用?

微信上无数人贩子的死刑帖，的确在虚拟空间产生了短暂的轰动效应，但它们对社会现实的改变约等于零。在信息轰炸的今天，网民们的注意力，须臾便会转向新的事件和诉求。

要推进或影响任何公共事务，需要长期不懈的实际行动。而网络行动者最缺乏的，恰恰就是“接地气”的实际行动。

最可怕的是，参与网络行动后带来的那一丝自我陶醉和自我肯定，能给网民们“我已经尽过力了”的错觉，进一步减少了其后续行动的可能性。

巴黎遭遇暴恐袭击后，一些巴黎民众在推特上启用了“#Porte Ouverte”标签（法语“开门”），愿敞开家门，为处于困境中的游客提供临时避难所。在媒体报道下，这一网络行动渐成当时的热点。这一标签很快在推特上涌现，淹没了真正有价值的信息——避难所。这一事例表明，尽管网络行动者的出发点很相似，但对某个行动的多元解读很可能带来副作用，甚至反作用。

4

虽然网络行动的动机不纯粹，直接效果不明显，却也并非一无是处。

网络行动的一重意义，在于让原本零星的个体行为产生规模效应。

曼瑟尔·奥尔森在他的代表作《集体行动的逻辑》里，提出了著名的集体行动困境：当一件事情的受益者越多，反而越不容易成功。因为个体都有搭便车心理，追求自身利益的最大化，所以就越不容易为一件事情出力。简而言之，就是“三个和尚没水喝”。且和尚越多，挑水的可能性越小。

推进和影响公共事务的努力好比挑水。以往，线下行动费时费力，和尚越多，越难组织和协调。最终的结果往往是绝大部分和尚袖手旁观，剩下极小一部分承担大部分的行动成本。投入大，见效慢，很不容易成功。

网络媒体在一定程度上改进了集体行动的逻辑。原本极高的组织和协调壁垒变得几乎不存在。喝水问题不变，但行动的方式再不限于肩挑手提，可以给挑水者鼓劲（点赞），动员更多和尚参与（转发），集资挖井（募捐、签名）等等，不一而足。当每个人参与的成本趋近于零，斤斤计较个人得失就无从谈起。

2015 年《中国互联网络发展状况统计报告》显示，中国现有网民 6.68 亿，手机网民 5.94 亿。超过九成网民使用 QQ、微信等即时通信工具，超过三成使用微博，在如此大的基数下，如果有千分之一、万分之一的网民，花几秒钟参与到一项网络行动中来，规模将是极其惊人的。

5

网络行动的另一重意义是设置“议程”。何为“议程”？就是大家该讨论的事情。

简而言之，大众媒体报道的“大事”和人民群众心中的“大事”，有着很强的对应关系。媒体没法决定我们“怎么想”，但是能告诉我们“该想什么”。

12 岁的彝族小女孩木苦依五木，写了一篇“最悲伤小学生作文”，引发网络热议。虽然这起事件自始至终饱受质疑，但它把凉山地区的贫困现状提上了议事日程。

郭美美在微博炫富，引来大量网友对中国红十字会善款流向的质疑。在传统媒体纷纷跟进和警方的介入下，红十字会和郭美美的关系水落石出。

人贩子死刑帖在网上广为流传，随后，不少法律专家撰文指出“一律死刑”远非根除贩卖人口这一痼疾的良策。

这样的例子数不胜数。点赞、转发、评论、募捐等等网络行动是否能直接推动变革，已经不重要。网民的提议正确与否，可行与否，也不重要。重要的是，它们能让某件“不算个事”的事成为普通民众和有关部门“该关心的事”。

6

必须承认，网络行动，特别是中国语境下的网络行动，还有种种不尽如人意之处。

比如网络暴力。在网络社区（特别是匿名的），往往能看到超出正常评论范围的言行：侮辱性的言论、侵犯当事人隐私权的“人肉搜索”大行其道，有的暴力行为甚至从线上延伸到了线下。

又比如网络谣言。各种各样的假消息、虚假募捐和网络骗局，层出不穷。又因为社交媒体的传播特性，使得谣言传播更快，影响更广，辟谣更困难。

再比如网上的众声喧哗。翻一翻评论区，真正理性开放的对话依然贫乏。对公共议题的讨论往往演变成喊口号式的谩骂。虽然网民们已有了发声的权力，但大多自说自话，真正的聆听和说服非常少。由于没人听，讨论不再是讨论，而被迫变成大喊大叫，仿佛聋人的对话。

以上种种问题，尽管广泛存在，却不可怕，也并非中国独有。这是人类和新技术在发展磨合过程中都会经历的阶段，不必因此对网民们责之过苛。

其实，更可怕的问题乃是“行动”的反面，即漠不关心、无所作为。

媒体社会学家尼尔·波兹曼在《娱乐至死》一书中说：“人们感到痛苦的不是他们用笑声替代了思考，而是他们不知道自己为什么笑以及为什么不再思考。”这在当今中国的媒体生态下，已经更像现实而不是预言。互联网的泛娱乐化是一个趋势，微博上粉丝最多的是明星，微信上转发最多的是鸡汤和段子。如果网民们能够在网上追剧、打游戏、聊八卦、看街拍、刷淘宝的间隙，花一点点时间，关心一下个体之外的公共事务，为把社会变得更好作出一点点努力，也就没有完全辜负新技术赋予我们的表达和参与的权力。无论这种关心多么肤浅，努力多么有限，至少，比不关心、不努力要强。

罗马不是一日建成的。从 BBS 到论坛社区，再到社交媒体，中国的网民们在技术的快速更新换代中，也在学习和适应着新媒体赋予他们的话语权和参与权。我们有理由相信，假以时日，互联网法律法规会更加完善，网民群体的公共参与意识也会愈加成熟。

（摘自《读者》2016 年第 6 期）

父　亲

方冠晴

一个乡下老汉，他的儿子因为与人发生口角，被人打了。儿子的伤势很重，被送到医院后，一直处于昏迷状态。这可是他唯一的儿子啊，老汉寸步不离地守在儿子的身边，终日以泪洗面，心急如焚。他恨不得将凶手抓到面前来，生生撕了。

三天三夜的紧张抢救之后，儿子总算悠悠醒来。但就在这时，派出所那边传来消息，凶手逃跑了，没能抓住。

想想儿子险些丧生，再看看儿子浑身触目惊心的伤痕，老汉愤怒了。他说，凶手就是逃到天边，他也要把他抓回来，让他伏法。

老汉开始追寻凶手，他四处打听，百般奔波，最终，功夫不负有心人，半个月后，他打听到了凶手藏匿的地方。于是通知了派出所，与警察一起去抓。但凶手实在是太机敏了，居然从警察的包围之中逃脱了。这时，警察一路追赶凶手，老汉留了个心眼，他一个人抄近路到前面去拦截。

在一条宽阔的河边，老汉终于拦住了凶手。凶手见只有老汉一个人，就一拳砸倒老汉，向河对岸跑去。

此时正是隆冬季节，河面上的冰层厚可逾尺，足以任人在上面奔跑。但惊慌失措的凶手忽视了致命的一点，那就是喜钓者在冰上凿了好些窟窿，用以钓鱼。慌不择路的凶手在奔逃中，一头扎进了冰窟窿，瞬间便无影无踪。

看到这一情景，老汉显然也被吓呆了，但他略一迟疑，还是跳下冰窟窿，去救那个凶手。

警察赶到时，老汉刚刚将那个凶手拖出冰面，而老汉浑身均已湿透，冻得嘴唇乌紫，瑟瑟发抖。

经过这一冻，老汉病倒了，整整卧床一个月。

一时间，这件事在当地传开，人们议论纷纷，说什么的都有。有的说，这老汉刚烈；有的说，这老汉善良。而说得最多的，是说这老汉糊涂。你拼命抓凶手是为了什么？还不是为儿子报仇吗？凶手掉进冰窟窿淹死才好呢，你居然冒着生命危险去救？救自己的仇人，值得吗？这不是糊涂蛋又是什么？

当地的电视台也听说了这件事，于是派了个采访组去采访他。镜头里的老汉斜躺在病床上，满脸病容。记者问他："是什么力量促使你一连奔波半个月，誓死也要抓住凶手呢？"

老汉说："我是父亲啊。"

记者又问："那为什么凶手落水后，你又要救他呢？难道你不恨他吗？"

老汉还是说："我是父亲啊。"

所有的人都以为老汉出了毛病，因为，他答非所问。

记者也不懂了，一时间，有了空白的间歇。然后，记者费尽口舌，不断提问，想弄清楚老汉真实的想法。

老汉的想法十分简单，他说："我的儿子差点就没了，在他三天三夜没有苏醒的那段时间里，你能体会得到，一个父亲心中是怎样的滋味吗？凶手也是人呀，也是爹妈生父母养的，他犯的也不是死罪呀，他要是死了，他的父母心中，又是什么滋味?”

简短的话，将看到这个节目的人都感动了，人们也才真正理解了这个老汉的所作所为。他抓凶手，是因为他是父亲，他爱他的儿子，他要让害他儿子的人受法律制裁；他救凶手，也是因为他是父亲，他懂得，失去儿子对父亲来说是多么大的打击。

生命是宝贵的，哪怕是一个罪犯的生命，也值得珍惜。爱，是能够互通的。真正富有爱心的人，自己尝过的痛苦，就不忍心再让别人去尝。这与法与理无关，关乎的是父亲的称谓和父亲的柔情。

（摘自《读者》2005年第12期）

电视直销广告里的专家

潘　滨

在电视直销广告中经常出现的“专家推荐”“专家认定”，其实不过是演员的表演而已——本专家纯属虚构，如有雷同，实属巧合。

他是谁

他是首席科学家、教授、博士、专家、院长、会长、主任，他同时供职于中国男性健康研究中心、北京协和医院、北京大学医学院、中华生物磁学会、中国生命科学院、中国风湿医学研究所、中国高原生物研究院……

他不断出现在不同级别、不同地区的电视台上，他知识面广、学识渊博，干一行精通一行，堪称天才，他在医学、生物、收藏、金融、教育等不同领域都有建树。他是刑侦专家，也是退伍解放军战士，他有时是健康饮水协会理事陈伟明，有时是杂志编委关新良，有时还是一名饱受病魔摧残的心脏病患者，因为他同时拥有不同风格的名字：孙云、吕青、张国行、王志伦、顾伯勤……其实，他是一个演员。

山东省济南市的于先生在看电视时，发现济南电视台的一个治疗糖尿病的药物广告中，医学专家孙仕友在分析糖尿病病理；但在山东电视台，他又变身为一个推荐纪念钞的钱币专家。后来一查，竟发现这位“专家”在一个理疗服装广告中又姓了张。留心收集，于先生发现这样的专家比比皆是，他们在电视广告中通过扮演不同角色，鼓吹产品、欺骗消费者。

其实，在虚假电视购物广告中，除了伪专家，还有伪概念、伪科技、伪功效、伪爱心、伪明星等作假手法。

专家是如何出台的

“千年藏药，今古传奇。《月王药诊》记载……今天三位著名表演艺术家做客‘健康人生’，将道出他们与藏药×××结下的不解之缘。”

这是“炒药网”为客户发布的视频广告片片头，这部被称为“20 分钟艺术人生版”的广告，全面模仿“艺术人生”的主持风格和节目形式，不但请来某相声演员做主持人，还邀请几位知名度不高的演员依次出场，与大家分享自己“艺术人生”的同时，现身说法，以眼疾患者的身份鼓吹药品神效。炒药网的工作人员说，他们只负责发布视频广告，收取每月 300~2000 元不等的宣传费用，具体的策划和摄制都由专业的影视广告公司完成。

“盛龙影视”就是这样一家专业的策划和制作公司。公司负责人陈雨称他们已有 7 年的行业经验，不但有先进的设备和技术，而且拥有由大量演员组成的“专家库”“患者库”。药品厂商只需要提供一纸药品说明，只要有药名、成分、主治疾病，陈雨的团队就可以帮你寻找卖点，编写脚本，寻找合适的演员，“包你卖出去”。上述“健康人生”的广告形式叫“产品演播室”，此外还有产品专题片和电视购物直销片两种形式，一部 10 分钟左右的

“产品演播室”需要客户支付 8 万~10 万元的制作费用。

2008 年 2 月 16 日，国家广电总局、国家工商总局、卫生部、国家食品药品监管局、国家中医药局联合下发通知，禁止聘请不具备执业资质的人士担任医疗、健康类节目的嘉宾，严禁演员和社会名人主持医疗、健康类节目。陈雨说，目前他们只能以“产品专题片”的形式接业务，“主持人”“专家”和“观众”都不能出现在画面中，但这些东西可以以旁白的形式出现，配以产品的特写和特效镜头。

陈雨的同行杨浩也拥有一个资源丰富的“专家库”，据他介绍，很多真正的专家面对镜头会紧张、语塞，而这些演员由于长期扮演专家，已练就非凡的口才和学者气质，往往能拿捏有度、侃侃而谈。“不过由于近期媒体曝光了一批‘专家’，那些熟脸就不能用了。”杨浩本来打算培养一些新面孔，找些 30 多岁的年轻演员，扮演留洋博士或医学专家，但禁令一下，这些人也不能用了。为此，杨浩的生意大受影响，以前，他每年拍摄 40 多部医药广告片，挣个百十来万没问题。

电视广告的“伪妆”

侯东峰是一名化妆师，曾经帮助一些摄制团队为电视购物广告做造型，包括化妆、发型、服装搭配、电脑后期处理和摄影灯光。熟知电视广告易容、伪妆术。

“记得有一个广告宣传的是某款褪黑美白产品，我妈看了之后想买，就问我怎么样。”侯东峰正好认识广告里的女演员，就打电话过去询问，对方回答：“你别看那个东西在脸上抹抹就能出现小黑点，其实你在别的东西上抹也能出来，那些黑点就是自带的。”

侯东峰透露，那些减肥、祛斑、美容、亮白的电视广告，大多也都是化妆师的功劳。比如一个胖子使用某产品之后迅速变瘦，其实那是假胖，用电脑技术把人拉宽，或者使用了“换头术”。

眼袋或者青春痘也都是画的。“先给你画一对眼袋，让你看起来特疲倦。”侯东峰说，“其实中国人都有眼袋，化妆师只需要在眼袋上加深颜色，就能让其更加明显。如果想画一脸青春痘，就用肤蜡（影视化妆用品，可以作出任何东西，如伤疤、假皮等）点在脸上，鼓出来，非常逼真，再在周围涂上不同深浅的红颜色，“这样看起来就像真的长了痘痘，还有疤痕呢”。

丰胸广告的造型也不复杂：首先用绷带将胸部紧紧束起，拍摄平胸镜头，然后拍摄用夸张的肢体语言和魔术胸围挤出的效果。最厉害的是有些公司真的找来模特，拍摄平胸照片，再带人去做隆胸手术。

电视直销作为市场营销中的一个重要手段，在西方国家已成为主流营销模式之一。欧美一些国家视名人代言为“证言广告”和“明示担保”，消费者可据此担保索赔。有些国家更是要求做广告的名人必须是此产品的直接受益者和使用者，一旦查出不实，就要处以重罚。

现在禁令当前，这些导演已不再接拍被明令禁止的广告。但有些影视公司已经在组织人马，商讨创作更有新意的广告形式。利益当前，光有一纸通知似乎不够。

（摘自《读者》2009年第21期）

人在做天在看

董　倩

贵州小伙王冬在四川崇州打工，在准备回老家的前一天晚上，他骑电瓶车在路上撞倒一位老人。老人没纠缠他，而是让他走，但王冬留了下来，叫救护车把老人送到医院。老人病情恶化，王冬把妻儿从老家接到崇州，与老人的儿子一起，担负起照顾老人的职责。

在采访的过程中，我问得最多的是这句话："为什么当时你不走？走了也许就没有这么多麻烦和负担。"我知道，这叫以小人之心度君子之腹，但这恰好是这个事情最核心的环节。我们被"扶不扶"的问题纠缠得太深、太久，钱、时间、责任……要考虑的因素太多，哪个都要命。所以，在看到王冬和老人作出这种选择时，我们都不能理解，还要反复追问。

我是带着复杂的思绪，去采访几个单纯的人。他们说的话、做的事，即便已时隔多年，依然仿佛历历在目。

王冬在撞了老人后，其实有几次机会可以走，并且不会被发现。

2012 年 11 月 6 日，王冬从打工几年的工厂辞职，到街上为父母、妻儿选购礼物，准备第二天一大早离开成都，回到贵州省遵义市习水县大坡乡的老家。晚上 7 点多，他骑着电瓶车带着礼物返回厂区宿舍。初冬的天黑得很早，只能靠昏暗的路灯骑行，突然他看见前方有个人，想躲时已经来不及。电瓶车把人撞倒了，王冬也磕破额头。他赶紧过去看，是位老人，60 岁上下。

“您有没有事？”他问完，随手在老人头上一摸，湿乎乎的——老人的头磕破了。“你走吧，我没事，去街上缝几针就行。你走吧。”昏暗中老人催他走。王冬问出老人目前孤身一人，儿女不在身边。天黑了，四下没人，被撞的老人也没亲没故，关键是还允许他走。“要是那时走了呢？”我问他，“想过走没有？”王冬说：“没有。除非他有子女能过来，带着去检查，确认没事，我才能走。如果我把他留在那儿了，他真的有事，我不知道怎么面对人家。”

这是第一次，也是最好的一个机会。当时的一切都为他提供了走的条件，如果从个人利益的角度出发，小伙子最好的选择应该是听老人的话——走。几个小时以后，他就能回贵州老家，见到很久没见的父母、妻子和小女儿，不会再与这里有任何关系。再说黑暗中老人也说自己没什么事，还亲口说让他走，走是没问题的。如果不走，就要陪老人去检查，要花钱，要花时间。然而王冬没有走，他马上打电话叫来救护车，陪着老人去了医院。

我问他：“是不是注意到周围有摄像头，或者想到也许黑暗中有人会看到，才这样做。”他摇头，告诉我他不是因为摄像头和别人的眼睛而这样做。我还没完没了，继续问：“在你确认没人看见时，也就是天知地知你知了。”他看着我，接着我的话说：“对，是天知地知，但是我知道还有一句话，叫人在做天在看。做人做事最起码要对得起良心，不能为自己的良心增加不必要的负担。”这句话让我对他刮目相看。

第一次走的机会，王冬放弃了。

王冬随着救护车来到医院，陪着老人做 CT 检查。在这个过程中他得知老人姓李，今年 60 岁，家住南充，也是在崇州打工。CT 台上，老人再次劝王冬离开。虽然医院知道王冬是肇事者，但不知道他的任何信息，他如果此时走，也经过了老人的允许，还是说得过去的。但老人的一再相劝让王冬心里又温暖又难过，老人心地这么善良，这时候走，又怎么对得住他？

半小时后 CT 检查的结果出来了，老人颅内出血，要转入重症监护室并马上手术。王冬怕了，怕的不是要担责任，而是老人家要是没了可怎么办。

医院通知老人家属往来赶，但赶到还需要几个小时。这段时间，是第三次机会。

在等老人的家人来的时候，王冬走了，但他是回宿舍取钱。他把准备带回家的 3000 多元钱和向同事借的 1000 多元捆在一起，匆匆赶回医院，在医院的走廊里待了一个晚上。

我问他："那个晚上有没有算一下，如果你不走，老人的医疗费你就要背一阵子了。重症监护、颅内出血，都是要花大钱的。"我言外之意是：看，你不是不走吗？现在麻烦来了，你背得起吗？小伙子说："我算过了，是要花很大一笔钱。但就算是背负经济损失，总比良心受谴责或者一辈子活在惊恐当中要好得多。至少，我做到了我认为应该做的、比较对的事。"

听他说话的时候，我脑子里想到的是药家鑫。深秋的晚上，念大三的药家鑫开车撞倒了一个骑电动车的女孩，药家鑫没去问她的伤情，而是想到自己的"麻烦"——她会记下车牌号告诉警察，他会没完没了地为她花医药费。药家鑫想的是，如果她死了，麻烦就没了。于是，他回车上取刀，捅死了被撞的女子。

人和人，到底相差在哪里呢？王冬受过的正规教育跟药家鑫比差远了，但在药家鑫身上，看不到一点点良心的影子。良心跟学历没关系，它是家庭和环境的产物。

在王冬的世界里，钱的数额再大也算得清，良心上的账他欠不起。身体上的苦累有限度，但昧了良心做的事会没限度地折磨他。他懂得不多，但他懂得他想过心安的日子，他想做一个负责任的人。

我还想最后确认一下。于是，我问他："站在不少人的角度看，对自己负责的选择应该是走。但是你觉得不走才是为自己负责，为什么?"

小伙子就说了一句话："不走，是保护我的良心，是保护我自己。"

至此，3次所谓的机会，在王冬眼里都不存在。接下去，就看看王冬会遇到什么。

当老人的儿子李云昌接到电话连夜从南充往崇州的医院赶时，他在心里一遍遍地想，怎么把肇事者狠狠揍一顿。他的老父亲为了给家里增添点收入，这么大岁数还在外面打工，那个小子怎么开车不长眼呢？他又恨又怨。

李云昌见到王冬，知道他是那个撞了父亲的小子，就没给他好脸色。没想到的是，那小子并没躲，而是主动过来把撞倒老人的经过都仔细说清楚，听得李云昌将信将疑，心想，怎么还有这么没心没肺什么都说的肇事者？之后的两天，李云昌暗中打听了一下情况，跟那小子说的基本没差别。他开始琢磨，那小子不是没机会逃啊，有好几次呢，如果他逃了，我恐怕再也见不到我的老父亲了，而且我也根本找不到那小子。李云昌觉得，设身处地把自己放在这种情况下，说不定也会逃，况且是老父亲让人家走的，这小伙子得有多大勇气才能担下责任，自己肯定做不到。与此同时，李云昌接到了父亲的病危通知书。

按理说把老人撞成这样，王冬是要负刑责的。但在与王冬打交道的过程中，李云昌也渐渐了解到，王冬的家境并不好——他父母年纪都大了，母亲还有些残疾，他的小孩还没断奶，爱人也没有上班，一家人都靠他供养。如果王冬背了刑责，他的家就完蛋了。李云昌不是没想过让他承担刑事责任，毕竟他把老父亲撞成现在这样了。老人动了3次手术，治疗费花了20多万，后续治疗还要十几万，但王冬说这笔钱他来担，李云昌觉得自己还能说什么呀？王冬的真诚、坦率和勇气，让李云昌觉得自己没法往另一条路上跑。

李云昌跟亲戚朋友说起这事的时候，所有人都下意识地说：“呦，他没跑呀，你真是碰上个憨子。”他知道王冬不憨，王冬是条汉子。跟汉子打交道，人家又喊自己大哥，那就应该拿出大哥的劲儿来。李云昌决定不让王冬承担任何刑事责任和经济赔偿，治病的钱一起出。本来已经很糟糕的事，却由于两个人的宽容和友善，开始朝好的方向发展。

为了方便照顾老人，李云昌出钱在医院附近租了两间房，他知道王冬已身无分文，房租也不要他出。王冬让老婆带着没断奶的孩子从老家过来洗衣做饭，照顾起临时合住的两家人。与此同时，他们的事被越来越多的人知道，当地媒体也去采访报道。

我采访王冬时，跟他一起往医院走，忽然一位中年妇女跑过来问：“你是王冬吧?”王冬有点儿蒙。那位大姐突然往他手里塞了100块钱，转身就跑。王冬边追边问：“大姐您贵姓?”大姐头也不回地说：“不用不用。”

王冬跟我说，那些天他总能遇到这样的事，有大姐这样直接往手里塞钱的，有往医院送钱的。他把收到的每一笔钱都记在小本子上，虽然大多数时候只能记成是好心人的捐助。

采访时我问他，遇到这么大的事哭过没有，他说没有。但在说到别人用各种方式帮助他的时候，小伙子低下头用手抹抹眼睛。

采访当事双方的过程中，在简陋的出租屋里，他们穿着普通的衣服，过着仅仅是过得去的生活。但他们心里宁静，虽然被巨额的医疗费压着，但脸上显出的是安详，不急不躁。

（摘自《读者》2018年第3期）

我反对

肖　锋

多数人的声音不总是对的，历史在反对声中进步。

在公共利益面前，多一种反对的声音，就是多一分理性。

反对者往往属于少数派。少数派越来越沉默的现象被称作“沉默的螺旋”。

如何跳出沉默的螺旋？唯一的出路就是尊重少数派，聆听反对者的声音。

房龙说，宽容是一件奢侈品，购买它的人只会是智力非常发达的人。不宽容者坚信多数即正确，然而他们往往错了。少数派为我们时代的稀缺资源，所以要加以保护。

有智囊团提交企业改革报告，引经据典，头头是道。最后主管官员说：“你们说的道理我都明白，可你怎么解决这么些人的出路？”中国人太多了，需解决出路的人太多了。早在“人多力量大”那排山倒海式的口号声中，人口学家马寅初就提出“我反对”，可少数派声音如此微弱，只能用时间来证明一切。

50年前，梁思成们保护古城、另建新城的提议没人理睬。现在北京人被封堵在以紫禁城为圆心的环线上，在高峰时段这座新旧格局混杂的城市变成了一个巨大的停车场。多少年后我们总结出一个道理，叫“决策的失误是最大的失误”，但集体为失误买单之后我们仍未习惯倾听少数派的声音。

假如他们是对的

茅于轼反对滥发彩票。买彩票带有赌博性，容易鼓励人的不劳而获思想。一些老百姓怀着侥幸心理，以为花几元钱就可以赚上百万，至于中奖的概率是多少则不太清楚，甚至是稀里糊涂的。相对于慈善、教育等公益贡献，滥发彩票的负面效应也同样大。

作家叶兆言反对烟花爆竹解禁。不要把放鞭炮和文化搅在一起，这种“泛文化”的思考方式很可笑，相对于每年被炸死、炸伤的人，这种“泛文化”不值得。

诗人于坚干脆反对现代科技，反对全球化。他说：“本来嘛，步行，一万个人有一万个走法，速度、体态、目的地都不一样，一旦电梯化，还有什么细节上的不同?”他还认为西方的所有现代器皿都可理解成凶器：“西方的器皿只要换一个角度去理解，它们都是武器……例如每天都要用的刀和叉，但不意味着它们总是被视为武器，把民航客机视为武器的是基地组织；汽车当然不是被作为武器来制造的，但它确有致命的因素；玻璃当然不是武器，但与雕花窗子和窗花绵纸相比，它确实也暗藏着危险。”

于坚感叹于“全球化”的厉害，同时对他的个人反对全球化行动做总结：“时代的列车照样前进，但车轮会被某颗不动的沙粒磨掉一小片，它的速度因此在可以忽略不计的记录里慢了千分之一毫米。”

有学者更提醒，假如沙漠化得不到遏制，假如黄河长江断了流，那么

“引黄入京”还有什么用？那时唯一能考虑的方案恐怕只有迁都了。

任何疾病都是一种文明的隐喻。SARS 的隐喻就是大自然以“震慑与敬畏”的方式向人类发出警告：“你们犯规了！”对同为自然之子的动物的滥捕、滥杀、滥吃，密不透风的人居环境，封闭的沟通方式，病毒们常常在人过得好好的时候突然发难。SARS 期间网上传文“什么什么治不了，非典治了”，比如大吃大喝，比如公款旅游。也有人著文“其实非典改变不了我们什么”。

在预兆 2054 年的电影《少数派报告》中，汤姆·克鲁斯的清白要靠“少数派报告”来证明。系统编程者说，为了保障系统正常运行，少数派报告一律被“抹掉”。“在瞎子王国里，独眼龙就是王”，这样就赋予系统操纵者至高无上的权力。当他成为专横跋扈的君王时，只有恢复少数派报告才能更正系统错误。

人都是健忘的。难道改变人类陋习的最有效方式就是灾变？难道事先没人发出过警告吗？应该不是。提醒者的声音显然被“抹掉”了。

谁妨碍了我们反对

对公众意见，人人都有自我保护的本能。学者告诉我们这种本能可能会导致集体沉默。

传播学家诺利·纽曼创立了沉默的螺旋理论，认为公众在接受一个公众议题时一般会判断：自己的意见是否与大多数人站在一边（学者称之为人的“准统计学感觉官能”）？如果他们觉得自己站在少数派一边，他们倾向保持沉默；如果他们觉得与舆论主导相去渐远，就越会保持沉默。这种使优势意见越来越占优，少数派越来越沉默的现象就被称作“沉默的螺旋”。

沉默的螺旋理论强调大众媒介在影响公众意见方面确有强大的效果。报纸、杂志、电视对某一议题的宣扬在大众中产生所谓“共鸣”效应，这种共鸣是排他性的，从而使“优势意见”越来越成为压倒性意见。

问题是，历史常常表明，优势意见并非总是对的和符合大众利益的，可能符合了当前利益却牺牲了长远利益。最明显的例子就是经济增长与环保、新城规划与旧城保护之间的矛盾。

人们如何跳出沉默的螺旋？唯一的出路就是尊重少数派。突变论认为，少数派如果不想被多数派压倒，一是个体足够强大、坚定，二是坚持的时间足够久。一群狼不能容忍一只与众不同的狼，总会除掉这个不受欢迎的伙伴。这只是自然界法则。

人类社会法则应更有能动性——就是改变我们的思维方式，改变表达意见的环境。长期以来，家长式管制、背书式教育一直塑造着中国人的思维方式。

如今的变化是，鸡毛掸子换成了软磨硬泡。家长告诫儿童，如果你不怎么怎么你就会被社会淘汰。方式变了但结果没变，就是把你变成适合时代潮流的一叶浮萍，建设时代大厦的一块砖头。

保护少数派就是保护我们自己

如果将社会当作一个生命有机体，那么“我反对”就是它必不可少的免疫系统。过去一直无知地以为，人身体上的淋巴、腮腺、盲肠等是只会惹麻烦的可有可无的器官，属于造物的败笔。生命科学家说它们是人体免疫系统的一部分，除掉它们，整个机体将降低人体对病毒侵害的抵御能力。

少数派就是这样一种系统，让社会在行动时保持一种提醒状态。长久以来，我们不习惯在争论中前行，什么都要统一思想后才放心齐步走。中华民族一向缺失的是对少数派的尊重和保护。

学者用理论证明，人均 GDP 达到一定水平（3000 美元到 5000 美元）后快乐效应就开始递减。现代化、全球化、城市化，社会运动正如火如荼，当人们都朝一个方向行进时，总有一些人跳出来说“走错路了”。

其实，保护少数派就是保护我们自己。我们珍视“少数派报告”的价值，珍视并保护少数派提出异议的权力，就是珍视并保护我们的未来，使社会拥有摆脱陷入谬误的康复能力。你说得对，我们就照你的办；你说得不对，我们也会耐心听。我们会不断提醒自己：万一你说的是对的呢？万一你是个马寅初呢？

（摘自《读者》2004年第17期）

车站上的小姑娘

郭梓林

竞争形成秩序

1984 年春运期间，我出差经武汉返回南昌，好不容易托人买到了一张站票。

赶到武昌车站，站前广场真是名副其实的人山人海，挤得水泄不通。当时的社会商品还不够丰富，赶回家过年的人都带着很多行李，挑的挑，扛的扛，候车秩序十分混乱。

候车室里，早已是人满为患，只好在广场上立起一个个开往各地车次的标牌，以便疏散候车乘客。我找了大半天，才找到了开往南昌的车次标牌。这时离上车还有 30 分钟。

标牌下的人已经整装待发，挑着扛着挤着闹着乱作一团。这支队伍看上去至少有六列，因为有扁担和行李杂在其中，其实早已不成队伍。我虽然只带了一个挎包、一只手提袋，却也不敢往里挤。但也不甘心排到最后面去。于是，站到了队列前边的外面，准备见机行事，看看有没有机会插进去。

不大一会儿，一位20岁刚出头的小姑娘微笑着走来，她长得清秀而文弱，眼神中透出一丝带着疲惫的自信。只见她不紧不慢地举起车次牌，声音不大却很悦耳地说："乘×××次到南昌的旅客请跟我走。"于是，她身后的几百人便开始跟着她蠕动起来。

小姑娘头也不回地向前走去。顺着车站广场人群中间那少许的通道，不慌不忙地走着，步伐是那样轻盈，神情是那样自若，与后面吃力而且着急的人恰好形成了强烈的反差。我还是没法加入这支队伍，只好朝着小姑娘大致要去的方向远远地跟着。就这样绕了一大圈以后，小姑娘的身后不再像刚才那么拥挤，队伍开始越走越瘦，越拉越长，秩序也就越来越好。

绕场三周后，姑娘看到身后已是一列有序的纵队，她会心地笑了笑，走到了离刚才大家排队不到三米的地方，叫开了铁门。于是这支由小姑娘带领的经过"南征北战"由疲惫变得安分的队伍不再叫叫嚷嚷了，而是秩序井然地走进了站台。

秩序是怎么形成的呢？是在竞争中形成的。

小姑娘用这样一招整顿秩序，想来也是够"损"的，但是话说回来，面对众多急不可耐的人，一个小姑娘若用其他办法要在这么短的时间内建立秩序，恐怕也是不可能的。目的总是大于手段。由竞争形成的秩序总比混乱要好得多，而且事实证明，小姑娘这样做也是有效率的，效率的好处（准点发车）都均等地分给了每一个人。

在人类还没有发现比竞争更好的制度安排能够兼顾效率与公平的情况下，竞争是解决稀缺资源的最不坏的办法（在此我们姑且把进站队伍的每一个排位都作为资源来看，而且越是前面的越是稀缺）。其实只要竞争是建立在自愿与公平（标准的单一性和可操作性）的基本原则之上，其结果总是能够让人们接受的。

虽然小姑娘未必知道这些制度经济学的原理，但她的成功却正是在于她遵循了组织竞争的这一基本原则。

只抓“第一人”

20 世纪 80 年代末的一个腊月二十九，我从襄樊车站上车回家过年。候车大厅里乌烟瘴气，旅客中有站在长椅上喊人的，有躺在地板上睡觉的，有大人嚼着饼干说笑的，也有孩子蹲着撒尿叫娘的……

人一多，秩序就难免乱。平时供人候车时坐的长椅，此时是最好的排队隔离栏杆。站了一个多小时的队（椅子脏得没法儿坐），终于轮到我们这趟车检票了。此时，来了一位身着铁路服的小姑娘。嘴里含着一只口哨，不时地吹着，喊着，把所有站在长椅上跃跃欲试想翻过长椅插队的乘客统统赶回了队伍。

只见她举起了随身带着的无线电小喇叭，拉着乡音十足的“普通话”说：“大家都想早点回家去过年，我保证买了票的人都能走得了。这趟车已经没有位子了，所以，大家排好队，进站犯不着挤。今天，我就在这儿看着，想跨过这排椅子插队的人肯定不少，我也没有办法都抓，我只抓第一个，抓住了，我就绝不会让他上车，我让他跟我到站长那里去，帮我作个证明，不是我不管，而是我管不了。最好是他能帮我说服站长，调我到办公室去当秘书。请大家听好了，我只抓第一人！”

结果，那天还真没有出现“第一人”。

对于小姑娘来说，相对于抓所有的违规者，只抓第一个的成本是最低的，而且也是小姑娘力所能及的，所以这是她的最优选择。

对于乘客来说，在没有这样一个“制度安排”之前，他们会想，至少不是我一个人想违规，所以不论是在先在后，违规机会成本一定很低，甚至可能没有成本，却能得到早上车的收益，因为法不责众。而且在一定的时间内（列车停站时间），小姑娘对众多人的处罚的时间成本也太高，甚至是力不从心，所以完全可以选择违规。

然而，现在有了小姑娘这个“制度安排”之后，情况发生了变化。如果自己跟在别人后面违规，风险一下子就降到了零，但如果自己来充当第一个违规者，则风险就全部落到了自己身上，这时其他人却可以“搭便车”。这显然是个最次的选择。

于是，每个人都在等着别人违规，并随时准备跟在后面作违规的选择。小姑娘心里明白：一旦大家都这么想了，也就没有人愿意违规了。

这件事给我们的启发是：第一，监督机制的崩溃，往往是因为在只需要小成本的时候没有支付（也就是没有“杀一儆百”“杀鸡给猴看”），而到了要支付大成本的时候已经支付不起了（杀猴杀不起）；第二，当监督力度和可支付的成本有限的时候，要利用人们都有趋利避害的动机，并愿意从众、搭便车的心理，加大对第一个违规者的处罚力度，使之违规的机会成本大到足以遏制他产生机会主义的动机。

（摘自《读者》2001 年第 16 期）

我答应你

陈明明

1

1993 年，29 岁的中国政法大学在读研究生薛波在翻看资料时惊奇地发现，我国居然还没有一本适用于自己的《英美法词典》。

泱泱东方大国，缺少这样一部词典，是什么概念呢？简单来说，就是在外交上，我国与执行英美法的国家，如美国和欧洲等国，使用不同的法律概念，根本无法正常交流。就拿 19 世纪 70 年代，中美谈判僵化一事来讲，中方与美方，简直是“鸡同鸭讲”，完全不懂英美法的我国外交官，在谈判中根本无法守住一席之地。

当薛波知晓这件事后，汗毛倒竖——他知道，改革开放近 15 年的中国，已经不可阻挡地与世界接轨，而缺少这一部法律，无异于鸟无双翼而寸步难行！

作为法学界的中青年学者，他非常焦急，立马召集几十名年轻学者进行钻研，为此他们每天工作 16 个小时，苦苦奋战两年。可当他们满怀信心地展示初步成果时，却遭到英美法学者们的一致否定。学者们告诉他们："年轻人，这不是你们的问题，而是英美法教育被中国割断了 30 年，又怎能在一朝一夕间就接上血脉呢？"

当听到这个消息时，他脑袋一下子就蒙了。上哪里找精通英美法研究的学者呢？若找不到，这件事就只能搁浅了。

皇天不负有心人，一次偶然的机会，薛波了解到，原来民国时期东吴大学的一批法学前辈，还生活在上海。

他内心无比激动，要知道，东吴大学是我国许多法学权威的母校。从 1930 年到 1990 年，国际法院曾经出过 6 名中国籍法官，他们均毕业于此。东吴大学更是中国唯一一所系统教授英美法的大学！

1946 年，东京审判用的是英美法程序，蒋介石几乎找遍整个中国，都没有找到懂英美法的人，最终点名去东吴大学要人。结果中国赴远东军事法庭的团队成员，包括法官、检察官、顾问等，几乎都来自该校。

薛波立刻意识到，只有这些学者能帮他们了。

但他也深知，此行可能"成少败多"。毕竟，这些学者曾经被扣上"反革命"的帽子，因为"文革"，被荒废了整整 30 年的青春。如今，再邀请他们为国家做贡献，他们愿意吗？即使愿意，他们的平均年龄也已经 80 多岁了，身体是否允许呢？

2

怀着一颗忐忑的心，薛波来到上海。一开始，他总是碰壁。一些东吴老先生，心里早已布满无法愈合的伤痕。

让薛波十分痛心的一件事是，当他拜访一位东吴老人时，他发现对方已把过去的苦难、专业知识忘得一干二净，“他们越平静，我就越觉得他们可怜，那该是怎样一种力量，才让这些知识分子绝望”。这种无力感，让他十分悲怆。

而拜访卢峻先生，又让薛波的心灵受到震撼。卢峻先生是东吴大学与复旦大学双学位毕业生，1933 年获得哈佛大学法学博士学位，著有《国际私法之理论与实际》一书，曾在国际上享有盛名。

尽管在去之前，薛波已做好功课，这一批老先生可能在过去 30 年间，已受尽生活的折磨。但当他敲开卢老的房门时，还是震惊了：这间房子，大概可以称得上是上海最质朴的民居了——两步就能走完的房间里，最值钱的电器就是巴掌大的电风扇，曾花 12 元钱买的。卢老 90 多岁了，一只眼睛已经失明，鼻梁上挂着用纸糊了一条镜腿的眼镜。他蜷缩在被子里，生病了不敢去医院，连药也买不起。

薛波走上前，心里很不是滋味。没有人能想到，这位连《哈佛法学评论》每期都要寄送样刊的老人，此时面容竟如此苍白。在残酷的生活面前，他的学识根本无人知晓。

思虑了很久，薛波还是提出请求：“卢先生，不管什么原因，世人可能会忘了您。”卢老的一只耳朵有点背了，薛波只能跪在地上说，“但您不仅有精深的学问，还是一个时代学术高峰的象征，请您务必要参加我们的工作！”

卢老的眼睛里泛着泪花。即使在 20 世纪 50 年代，东吴大学被勒令整改，“文革”期间，不能在国内接触任何法学知识，他都没有落泪。可这一刻，当听到国家“需要你”的这一刻，他落泪了。他说：“我答应你。”这四个字，明明语气十分微弱，在薛波耳中却掷地有声。仿佛在卢老心中，自己从未被时代辜负，他最大的愿望就是能在风烛残年之际，再为国家做贡献。

和卢老情况类似的，还有被称为“罗马法活词典”的周枏先生。在商务印书馆出版的“百年文库”丛书里，他的排名位于胡适等大家之前。这样一位法学精英，在风华正茂时，突然被下放到青海师范学院图书馆。20年，本可在法学界有进一步造诣的他，只能隐姓埋名。如今，他住在一个破败的两层平房里，一台单门冰箱、一台黑白电视机，就是他的全部家当。当听到能重操旧业、发挥价值时，他的眼睛里充满了光。

除了卢老和周老，让薛波记忆深刻的，还有高文彬老人。他是迄今为止仍健在的曾参与1946年“东京审判”的学者，正是他从浩瀚的卷帙中找到两名差点逃离法网的战犯犯罪的证据，立下大功。他本可在法学领域继续深造，却在1952年，因参加过“东京审判”，被定为“反革命”分子，下放到鄱阳湖修大堤。他每天起早贪黑去挑土，完全没有时间搞学术。可即使在那样极端恶劣的条件下，他仍然咬牙坚持，从来没有放弃过阅读学习，每天坚持写英文笔记，直至平反。

1980年，59岁的他，双手布满了老茧，脸上饱经风霜，在承受了原本不该承受的重量后，他终于得以平反。但当有关部门提出可给予资金补偿时，他一口回绝。

可当薛波找到他时，他却把编纂词典的任务，一下子扛在肩上，义不容辞。因为在他心里，可以不原谅过往的历史，却从来没有一刻不热爱自己的祖国！

3

经过30余次的走访，薛波终于将散落在华东地区的14位老学者找齐了。之后，他们立即投身《英美法词典》的编纂修订工作中。

一开始，薛波很担忧老人们的身体会扛不住，毕竟，他们的平均年龄已高达84岁！可老人们忘我的热忱，是他无法想象的。一群耄耋之年的老者，精气神毫不逊色于年轻人。

有一次，仅仅为了审订一个词条，卢峻先生与同僚吵得面红耳赤；卢绳祖先生写下长达 6 页、2000 字的注释，直至脑血管痉挛住院治疗……在日常的修订工作中，老人们凭着异于常人的毅力，克服了一切困难。

王毓骅先生视力严重弱化，一定要借助自然光看稿，而他简陋的家中没有阳台，因此，他每次都要跑到远居的女儿家审稿。

潘汉典先生把审稿看得比生命还重要，甚至在手术前两天，他挂着尿袋，也要把稿子审完。曾写出《最高法院条例》《刑事罪条例》的蔡晋先生，在接受审订《词典》的任务时，已经身患重病，但他仍然临危受命。没日没夜的工作让他的身体劳累过度，间接导致病情加重。最终，他没等到看一眼出版的《英美法词典》，便溘然离世……

4

整个《英美法词典》的修订过程，历时整整九年，没有鲜花，没有正规部门的支持，没有基本的经济保障，甚至连正规的办公室都没有。可学者们毫不计较，每一部分修订好时，他们都欢欣雀跃，露出开心的笑脸，真的就像小孩子。

是啊，他们如小孩般纯粹。尽管他们知道，这本词典一定会名垂千古，但是几乎没有人提到“署名”二字。卢峻先生直到生命的最后一刻，还叮嘱着：“千万不能署名！我年轻时就这样。”

在这一群被时代辜负的知识分子废寝忘食的努力下，《元照英美法词典》终于出版了，这是中国历史上最大的英汉英美法词典，收录的词条多达 4.5 万个，是日本出版的《英美法词典》词条量的整整 3 倍之多。

这部令人震撼的词典，不仅摆脱了当时的外交窘境，更激励了一代人的心灵。在感动之余，许多人不能理解，他们是如何把时代的苦难一点点磨平，却仍保留着一颗赤子之心？

潘汉典先生的话，也许能给出答案：“不为什么，我就应该干。作为一名比较法教授，中国有这样的事，我当然要去做。”

对这一代的知识分子来说，荣华富贵、安逸稳定，并非他们心之所向。正如卢峻先生的女儿对薛波所言：“谢谢你们！我父亲一生的价值，通过你们得到了实现和认可！”他们最想做的，就是利用丰富的学识，为社会做贡献，为国家做贡献。

（摘自《读者》2020 年第 17 期）

5 元钱的信用危机

刘运辉

这里要说的不是 5 元钱能做什么，而是 5 元钱引起的信用问题。我的一个大学同学，如今是上海一家投资公司年轻的 CEO，这天自己开车从高速公路下来，要交 15 元过路费的时候，意外发现钱夹里只有 10 元人民币。全身上下找了半天，没有。女收费员一脸愠怒："那怎么办？"CEO 从反光镜上看着女收费员一脸狐疑地打开对讲机，边请示领导边嘟囔："就是，开的还是凌志车，连 5 元钱都没有，谁信！"

请示完毕，女收费员将头探出来："那就抵押点什么吧？不过先说好，是你自愿的哦。"

CEO 忙从钱夹里掏出 100 美元，女收费员摇头：不认识！又掏出 100 港币，女收费员不屑地一笑：是假的！

把车子先放过去，停在路边解决？女收费员很警惕："万一你跑了怎么办？"无奈拿出身份证，这总可以了吧？女收费员看了看：假的吧？后面的人开始觉得这女收费员有点过分，在喇叭声的压力下，女收费员作出让步，勉强收下了身份证。第二天，CEO 来拿身份证，那个女收费员看见他竟然真的来了，一脸“激动”，CEO 感到很屈辱——难道，我的身份证竟然还抵不上 5 元钱?!

与此相反的例子发生在我身上。

装修房子的时候买门，和送货的外地牌照的中巴司机一道往新家方向走，不小心，违反交通规则被罚款 35 元。这个司机是个外地人，看起来很老实，说身上只有 5 元钱。为了赶时间，说好我先垫上 30 元，他将临时身份证放在我这里，一个星期内来还钱。

结果，N 个星期过去了，那个身份证还在我这里。最后，我找到那家卖门的，由店主和我之间交换了 30 元现金和临时身份证。从经济意义上，我不该去找，来回的车费就 40 元，但我觉得：凭什么?

经常遇上这样尴尬事的，往往是面对陌生人的老百姓。在信用问题上，有时我们很无助，有时我们很无奈。

我们没有必要太挑剔这个女收费员的不是，也许她曾碰到过开着豪华车的有钱人，满口承诺最终没有回来补费的事情，就如同我遭遇一个看似老实巴交的司机言而无信，也难免产生上当受骗的感觉一样。

反面教训似乎更有说服力。恶性循环之下，缺乏诚信的“雪球”越滚越大，甚至造成信用雪崩。

更为重要的是，我们缺少像一些发达国家一样对失信者的惩戒制度。至少目前，我国对失信者的惩戒机制还没有形成，失信者付出的代价不足以抵付所得到的实际利益和好处，很多失信者还相当自在地生活在社会上。对失信犯规者惩处不力，实际上对守信守法者是一种侵犯。要想改变信用沦丧的现状，必须从根本上形成对失信者的惩戒机制。

在我们所受的教育中，中华民族是个讲究信用的民族。“人而无信，不知其可也。”

孔子的话念叨了几千年，但事实是，不需要太多，5 元钱，就可以很直观地让你感受身边的信用水平。

（摘自《读者》2003 年第 13 期）

扶还是不扶，这是个问题

田文璐

老人当街摔倒，扶不扶？尽管频发的“彭宇案”让人们对于这凉薄的社会更添了一份失望，但在经历了全民大讨论之后，越来越多的人开始抛弃浮躁，认真地审视这一事件背后隐藏的深层次问题。

根据某网站的调查，在参与投票的1883人中，44%的网友表示今后不会搀扶老人，38%的网友选择了“不好说”，18%的网友表示“肯定会扶”。一位网名为“法号流氓”的网友说：“以前觉得自己一定会扶，因为过不了良心这关；现在肯定不会扶，因为过不了责任这关。”

关于扶与不扶，两方支持者都有言之凿凿的理由：扶，社会道德不可废；不扶，谁会冒着被追责的风险来做好事？然而，事实表明，也有相当多的人立场左右摇摆：扶助老人本应当，概因向善之心人人有之，但毕竟有前车之鉴，回头审视自身状况，若因此惹祸，自己能承担得了吗？不免令人望而却步。

尽管多数人承认“扶”是正义，但更多的人遇老人倒地恐怕也会趋利避害。为什么这个社会扶不起老人？这值得我们探究。

扶老人成本核算

经历了“彭宇案”等案例，“扶老人恐惧症”正成燎原之势。此事在以前，老人摔倒扶一把很正常；而放到现在，扶老人可能会让你付出你无法偿付的成本。“彭宇案”负面效应的实质，就在于它反映了在当下中国，做类似“扶老人”的好事，风险太大，成本太高。

之一：名誉成本

目前在我国，很多人对他人的道德要求过于强烈，结果往往把道德当成了义务。“扶老人”本来只是一种道德要求，然而由于“见义勇为”的崇高感，很多情况下却变成了一种“法律义务”，不仅要送老人入医院，甚至还要承担垫付医药费、被诬陷后赔偿等种种风险。本来，面对这种情况，去扶跌倒的老人都是本着助人为乐的精神帮忙，但在救助老人的过程中若有意外，便会被其家人指责。如果被误解撞伤老人，被指指点点，名声自是不好听；而若是遇到彭宇的状况，法院的判决更是让你的名声臭上加臭。

之二：金钱成本

“彭宇案”等案例表明，扶摔倒老人要付出极大的成本。“彭宇案”中，摔倒的老太称彭宇撞倒了她，向他索赔 13 万元，虽然最后法庭判处彭宇赔偿 4 万元，但对普通人来说，这也是不小的一笔款项。在没有目击证人、视频之类证据的情况下，法院认为彭宇没撞人而去扶，还将人送到医院，另外还垫付 200 元医疗费，有悖常理，按其推理，彭宇当属做贼心虚，金钱赔偿也就是应当的了。

而卫生部出台的《老年人跌倒干预技术指南》虽意在向公众普及急救知识，却更让人惶恐：原来扶老人还是个技术活，一个失手，造成严重后果，被追究责任更是跑不了。

因此，“扶老人”被网友调侃为有钱人才能做的事。有笑话为证：三个富人比谁有钱，一个说，我家佣人都开宝马。另一个说，宝马只是我家运垃圾的车。最后一个说，我天天扶老奶奶过马路。其他两个羡慕地说，大哥，还是您有钱呐！虽是笑话，其中却饱含无奈。

之三：时间成本

在生活节奏日益加快的今天，人们做好事愿意承担的成本无非是耽误几分钟，帮忙打个电话——但这是基于扶老人的结果只有一种，那就是好心人助人为乐，扶起摔倒的老人，老人千恩万谢，路人纷纷夸赞……但当扶老人可能产生 N 种后果时，这一成本将有可能大大增加。

老人倒地不起，症状不明，需要送医院，送到医院需要等待其家人。而被误解撞到老人的话，还需要澄清事实；若澄清不了事实的话，所花的时间将更多。

因此，在决定扶老人之前，有些时间花费是必需的：找围观者做证人，或者用手机录音、摄像，这样才能在事后证明自己的清白。

在这些可能承担的成本压力下，很多人本着多一事不如少一事的心理，不敢对摔倒老人伸出援手，就如一位网友所言：“不是不想扶，实在是不敢扶啊!”

“彭宇案”引发的蝴蝶效应

2011 年 9 月，武汉 88 岁的李大爷摔倒后，围观者无人敢上前搀扶，最终李大爷因鼻血堵塞呼吸道窒息而亡。李大爷的子女感到困惑：“难道现在老人倒地后，就真的没人敢扶吗？难道助人为乐的美德就这样丢失了吗?”

要回答这个问题，其实很简单，说白了就是人们真的害怕了。纵观“彭宇案”等这些“索赔”案例，公众已不再愿意冒着风险、受着委屈去做好事。

在经历了诸如“女子报警救人前连续找 7 名见证人”“大学生扶起倒地老太被判赔 7.9 万元”等事件后，最近连续发生的“司机救人反赔偿”（天津）、“摄像头清晰记录老太太诬陷好人”（南通）已令人们确信，什么“道德滑坡论”“旁观者效应”都是次要的。造成这个社会出现连老人都不敢扶的尴尬现象的主要原因，就是部分老人品质不好，习惯讹诈。到底是什么原因，让他们反咬一口，诬陷帮助自己的好人？

信任危机作为近几年来频繁出现的一个新词，或可解释这一现象。老年人自己跌倒后难以承担高额的医药费；如果被人撞倒，又担心无人替他们做主，因而被迫违背良心诬陷好心人。有心救助者，也要为救起人后是否会担责任而担心，不少人最终放弃。

客观来说，这与民众普遍缺乏安全感不无关系。也就是说，人们之所以不敢扶老人，并不一定是因为“道德滑坡”，更多的原因可能在于民众的社会阶层、经济地位出现了分化，以致社会广泛出现不安全感和对他人的不信任感。我们或许都有此经验，在影视剧中，我们见惯了这样的镜头：在路上遇到老奶奶拎着重重的包裹，主人公走上前去帮忙，老人露出了慈祥的笑脸。如果在现实环境中，我们遇到这种情况就会想，非亲非故贸然提出帮忙，也许会被认为是骗子或强盗。即使提出帮忙，老人恐怕也会忙不迭地拎着自己的东西“逃走”。

一个理性、成熟的社会，应该是“陌生人社会”。著名法学家劳伦斯·弗里德曼曾在他的《美国法简史》中这样阐述：“现代社会有一个较简单社会中几乎完全没有的特征——依赖陌生人。当我们走在大街上，陌生人保护我们，如警察；陌生人威胁我们，如罪犯；陌生人为我们扑灭大火；陌生人教育我们的孩子……”在陌生人社会，虽然大家素不相识，但凭借无所不在的秩序和规则意识，以及对法律的敬畏，每个人都是井然有序的“社会齿轮”，自然正常地运转。

而如今我国社会、经济等各方面出现了很多进步，但这些进步却相当不均衡，一个显著的落后之处是：我们的社会还是“熟人社会”，人们互相之间只信任熟悉人。所谓“陌生人社会”的特征，最主要就是法律作为规范社会成员关系的核心制度比较健全，从而使社会成员之间的信任程度比较高，在这种情况下，道德的行为规范作用自然可以相应减弱。而在法律健全、信任度高的情况下，法律的规范作用还可以进一步提高。

哲学家培根说：“一次不公正的裁判，其恶果甚至超过十次犯罪。”“彭宇案”这些“索赔”案例的出现，使国人的不安全感和不信任感进一步发酵。现代社会学研究发现，人们在公开场合会适当“降低”自己的责任感，但如今老人倒地竟无一人相扶已违背了一定的客观规律，变成公众没有了责任感，这不得不让我们警醒。公众内心深处都有英雄情结，“扶起”老人很容易，但万一引起了纠纷，法律不能合情处理、谨慎判决，“倒下”的将是公众面对社会公益失望的身躯。

制度保障方是根本

有媒体认为，以往的社会意识和法律规定在很大程度上相信，“被扶的老人”肯定会对施救者表示感谢，施救者不会受到什么损害。但显然，这样想过于一厢情愿了。因此，就法律的规范而言，必须要为见义勇为者免除责任，使人们做好事时没有后顾之忧，从而鼓励旁观者对伤、病人士施以帮助。也就是说，要考虑到被施救者恶意“反诬”和“讹诈”等“小人行径”对施救者造成的伤害。

在实用主义盛行的新加坡，其相关法律则极为明显地针对恶意反咬制定了惩处办法。

对于见义勇为，新加坡的惩罚机制规定，被援助者如若事后反咬一口，则须亲自上门向救助者赔礼道歉，并施以本人医药费 1 至 3 倍的罚款。影响恶劣、行为严重者，则以污蔑罪论处。据称，该规定实施以来，新加坡再也没有发生过类似的事情，公民在见义勇为时，也免去了顾虑和担忧。

除了从根本上免除见义勇为者的后顾之忧外，有学者提出，政府可以采取更多措施保障见义勇为者的权益。比如突出宣传一些类似扶助老人的好人好事，同时给予一些奖励，并对这类助人为乐的行为加以保护。另外，严格执行“急诊科室面对危重病人，必须先行救治，及时提供紧急医疗服务”的规定，也能让施救者免于“垫钱救人”以致有理说不清的情况，不致重蹈“彭宇案”的覆辙。

另外，民间有人设立“搀扶老人风险基金”，为勇于搀扶老人却被冤枉者提供免费法律援助，必要时还会提供经济帮助。虽然这是个无奈之举，但这种民间的补充措施仍然有助于鼓励见义勇为。

不过我们仍需要明白的是，创造使民众能够安心“扶老人”的制度固然重要，但愿不愿意在当今时代还保有一份爱心，仍是每个人自己的选择。你愿意去做吗？

（摘自《读者》2011年第24期）

小偷的人权

牟丕志

那天，我遭遇了小偷。

公共汽车上人很多，大家相互拥挤着，觉得透不过气来。我不知道那个小偷何时靠近了我。小偷之所以选择我当下手的目标，大概是看我戴着一副眼镜，长得白白胖胖，笨头笨脑，可能是个书呆子，偷了这样的人没有任何风险。然而，智者千虑，必有一失。他没有想到，呆人偶尔也有不呆的时候，他刚把手伸进我的口袋就被我发现了，我当场逮住了他，人赃俱获。小偷更没有想到的是，我这次是带了三个人外出的，这三个人是我的亲戚，他们可不像我那样文文弱弱，而是个个身高马大，性情火爆，疾恶如仇。看见我当场逮住一个小偷，他们可来了精神，像抓小鸡一样，将那个小偷拎下了车，一顿猛揍，小偷抱头求饶。围观的有一大群人，大家都说，狠狠打，这些小偷太可恨了。我的亲属示意让我去报仇雪恨，可我下不了手。小时候我曾把小伙伴打得头破血流，长大以后再也没有打过人，这冷不丁地让我打别人，使我感到很茫然，心里很害怕，内心充满了矛盾。

说实在的，我还真恨小偷。在医院，我常看到有人被小偷偷了治病钱，那钱可是救命钱呀，丢了钱的人哭天喊地，骂小偷的八辈祖宗，真令人心痛不已。小偷偷了别人的救命钱，和害人家的性命没有什么两样。我也有让小偷偷得很惨的经历。一次，我乘北京至丹东那趟车去沈阳，被小偷偷去了4800元钱。当时我找了乘警，乘警说没办法，让我当心点，防着小偷。后来我听别人说，如果有熟人，可以找乘警把那钱找回来。我不知道是真是假，但我觉得火车上小偷猖獗，与乘警的失职是有直接关系的。有人说，一些火车的乘警和小偷是一伙的，这话并非没有根据。

我之所以心里害怕，不是怕小偷，而是因为我们已侵犯了小偷的人权。小偷也是有人权的，这是常识。小偷偷了我的钱，是侵犯我的财产权，所犯何罪由司法部门来定，如果对小偷施以拳脚，那么就对小偷造成了人身伤害，这是侵犯人家的人身权。这么一想，我就觉得有些理亏了。本来，正义在自己手中，如果采取以恶制恶的办法，拿小偷的人权不当人权，那是不公平的，也是十分危险的。想到这，我决定让我的亲戚们住手。我自己绝不能打那个小偷。

大家住手了，我决定送小偷去派出所。不知为什么，这家伙死活不去，说怎么都行，千万别送他去派出所。这使我产生了不少的猜测，难道派出所是那样可怕的地方吗，他竟如此恐惧。我不禁可怜起小偷来。小偷的违法行径确实可恨，可小偷毕竟有人权，他犯了法，但他仍然是个公民，在法院判决他之前，我们只能说他是犯罪嫌疑人，即使人赃俱获也不能说人家是贼，是小偷，更不能施以暴力。小偷的人权也应给予应有的尊重，这是个原则问题。不能因为小偷侵犯了自己就不把他当人看，有恃无恐地侵犯人家的人权。如果那样的话，正义的底线就会被突破，法律的严肃性就会遭到破坏。人们常常在有理在手的时候，作出非理智之事，甚至将非理智推向极端而浑然不觉。莎士比亚说："尊重所有的人，相信一部分人，不伤害任何人。"

不伤害任何人应成为社会的准则。

事实上，真理只要向前迈出一步就变成了谬误。现在，有时小偷被抓了，大家异口同声地喊，狠狠揍，打断腿，以后他就不敢偷了，这是典型的以恶制恶。偶尔会从报刊上看到小偷被人打死、淹死、电死等报道，我觉得这绝不是大快人心之事，而是悲剧。在我们大力提倡树立人权意识的今天，这样对待小偷也确实值得深思。我不知道认为小偷该揍的人占有多大比例，反正认为小偷可恨该打，不值得同情与可怜的人不在少数，肯定有一些人认为对小偷讲人权是小题大做。

其实为小偷的人权着想是很有必要的，这也是个常识性问题。小偷的人权得不到保障，从一个侧面说明我们身边的人权保护状况并不理想。有朝一日，我们的人权被侵犯了，弄不好也会像小偷那样，无人权可讲。这样的例子很多，媒体也常常披露。我想，假如小偷的人权都会得到保障，那么我们平常人的人权不就更有保障了吗？如此说来，小偷的人权问题确实值得关注和讨论。保护小偷的人权就是保护我们自己的人权。

（摘自《读者》2006 年第 2 期）

谢觉哉办案

佚　名

“合乎人情的习惯，即是法。”“司法的人，要懂情理。要懂得不近情之理和不合理之情，然后断案，就会合法。”

——谢觉哉

中央西北办事处司法部成立不久，省裁判部送来“王观娃死刑案”，要谢老批复。案情报告中说王观娃当过土匪，今年又抢过一次人。因此原判机关认定：“非处死不可！”谢老反复看了案卷，提出了一系列可疑之点：王观娃的罪到底是什么？当了几年土匪都有什么事实？今年抢人抢了些什么？在何处抢的？抢的情形怎样？怎样活动人当土匪的？都是哪些人？他指出，凡此种种事实情节，都没有说清，在案卷报告上看不出来，这样马马虎虎，怎好来定他的死刑？于是，他拿起毛笔，重重地写了四个大字：“无从下批！”省裁判部看到谢老的批复后，重新查据审理，结果以“无罪释放”结案，一条人命活了下来，王观娃高兴地回家搞生产去了。

“杀人一定要慎重，一个人只有一个脑袋，杀掉了就不能再安上。”

——谢觉哉

1961年的一天，他审核云南送来的一个案卷：被告是一个五十多岁的地主婆，罪状是她同社员一块到山上拣蘑菇，拣回来拿到食堂煮。蘑菇熟了，别人都吃，唯独她不吃。有几个社员食后中毒拉肚子，大家便怀疑是她捣鬼，把她扭送法院。当地基层法院认定被告是蓄意破坏三面红旗。破坏大办食堂，毒害社员，属阶级报复行为，不杀不足以平民愤，便判处她死刑，省法院已同意，报送最高人民法院核准。

谢老看完案卷，沉思良久，心生疑问：一、蘑菇是大家一起拣的，谁能证明有毒的就一定是被告拣的呢？二、为什么有人吃了中毒，有人没中毒？毒蘑菇毒性到底有多大？三、被告是有意还是无意或者根本认不出蘑菇有毒没毒？如果蓄意毒害，大家叫她吃时，她完全可以挑些无毒的吃，这不就可以掩盖罪行了吗？为什么她不吃？谢老感到这些问题办案人员根本没有弄清就判决，会不会是因为被告是五类分子，就草率从事呢？他决定将此卷退回云南省高级人民法院重新审核。

云南省高级人民法院非常重视，立即组织人员重新调查。终于，疑点全部弄清。原来被告根本分不清哪些蘑菇有毒，哪些没毒；也找不出任何证据说明有毒的蘑菇是她拣的；当时她所以不吃，是因为她去食堂烧火前，在家里吃了自己拣的蘑菇，已经吃饱了，不想再吃。事实真相大白，云南省高级人民法院修正错误，改判死刑为无罪释放。

“一念之忽差毫厘，毫厘之差谬千里。胭脂一剧胜神针，启智纠偏观者喜。”

——谢觉哉

1961年3月间，秘书林准从人民来信中看到一封保价信，信封上写着“谢觉哉院长亲收”。拆开一看，里面有两元钱、几斤粮票和一份申诉材料。信是从甘肃省某个劳改农场寄来的，署名张志运。

这封信引起谢老的重视：一个劳改犯人给我写信，不寄平信，也不寄挂号信，而是寄保价信。他是有话要说，怕我收不到吧？谢老仔细地看完申诉材料，对林准说："给张志运回封信，说申诉材料收到了，我们会重视的。"说完又补充一句："把钱、粮一并退还给他。"随即调卷审阅。据案卷记载，张志运于 1950 年十八岁参加革命后，随前西北卫生部民族医疗队到甘肃省天祝藏族自治县为兄弟民族治病。1953 年，张志运利用驱梅注射工作之便，强奸了一个十三岁的藏族幼女，破坏民族政策，天祝县人民法院判张十年徒刑，投入监狱。此案是经过三级法院判决的，但张一直不服，坚决否认强奸幼女的犯罪事实，虽经过三次申诉，都被驳回，其中一次还是 1956 年由最高人民法院直接驳回的。

谢老同最高人民法院审判员一起，共同分析案情。他说：这个案子值得怀疑，张本人是医生，难道不知道梅毒的传染途径？而且事情发生在医院妇产科诊疗室，光天化日，人来人往，他怎么作案呢？再说一个判了十年刑的人，已经坐了八年牢了，还不断申诉，应不应该考虑他有冤呢？他建议最高人民法院亲自派人再去详细调查。

大家都同意谢老的分析，决定派有经验的女审判员丁汾和甘肃省高级人民法院一起复查。

经过一个多月的调查，事情终于水落石出。原来这个案件有政治背景。天祝县是藏族聚居地区，1952 年发生此案时，这里还未镇反和土改，牧主粮户（即牧主兼地主）还是当权者，一些与本案有关的法院院长、区乡长、民兵队长等人，不少是牧主粮户的代理人，都十分害怕土改。牧主粮户的老婆相咎便利用这个十三岁的女孩不懂事，乘机造谣，制造事端，说张志运的医疗队是为土改打前阵的，以达到破坏土改、破坏民族团结的目的。前两次县院来调查时，相咎在背后操纵，暗地教原告死死咬住，不要改口。这是一个在坏人相咎一再教唆下制造的冤案。

谢老听完汇报说："不白之冤呀！冤枉了人家八年才给平反，太晚了，对不起人家啊!”

几个月以后，最高人民法院人民接待室里，来了一位青年，他衣着整洁，带着大包小包土特产，要见谢老。他就是张志运。

他走进接待室，恳切地对接待他的同志说：“谢觉哉院长帮我弄清了冤情，否则我这辈子就完了。我是从甘肃专程来谢谢他的，请你无论如何也让我见见他，如果他忙，见一面也行，几分钟，一两分钟……”由于太激动，他说不下去了。他千里迢迢来到北京，来到最高人民法院，恳切要求见法院院长，他觉得这里是人民说话的地方。是他一个中华人民共和国的公民可以来的地方。

接待室的同志被他的诚意打动了，打电话告诉谢老办公室。林秘书报告给谢老，谢老说：“请接待室的同志跟他讲讲吧，这是我们法院应该做的事情，值不得感谢。”接待室的同志按照谢老的吩咐，劝了好久，才把张志运说服了。张志运拿起那大包小包的土特产，泪流满面，向法院深深鞠躬，哭着走出法院的大门。

几天后，他给谢老写来一封洋溢着深情的感情信。谢老看了，反而觉得不安，他认为法院让人家白白坐了八年牢，不仅不应该接受人家的感谢，倒应该向人家道歉。

“这就叫宁‘左’勿右，因为左是方法问题，右是立场问题，一说到立场问题就怕了。就将实事求是丢在一边了。”

——谢觉哉

1962 年 5 月，谢老视察西安。他在抽调的案卷中看到王××反革命一案，案卷上写着：原审三原县法院，以王犯趁我党整风之机，先后向毛主席、周总理及人大常委会等写了十几封信，谩骂我党革命领袖，攻击各项政策，给章伯钧去信献策将农工民主党改为“农民民主党”等，判处王犯十年徒刑。王犯不服上诉，中级人民法院改判王犯有期徒刑二十年。投狱劳改后，王犯还不服，抗拒改造，法院又增刑四年，共二十四年。该犯仍然不服，又向最高人民法院写“控诉书”，控诉中央领导人放纵下级干部滥用刑法侵犯人权等，市法院拟判死刑，省人民法院决定改判无期徒刑。

谢老仔仔细细地看完案卷中的全部材料，认为案子判得有问题。他说：“宪法有规定，人民有通信自由。对人民公社、大跃进有不同意见，写信给毛主席、周总理有什么罪？为什么反映问题就要判刑？而且判得这样重。这样做对广开言路有什么好处？”他主张改判无罪释放。

对谢老的这个建议，陕西省和西安市法院有关人员争论很大。在那年月，要将一个层层加码直到判为无期徒刑的犯人改为无罪释放。谈何容易。这个思想通了，那个思想不通。有的顾虑不好交代，有的怕人说右倾，将来犯错误。当然也有赞成谢老意见的。在这种情况下，谢老没有以命令的方式处理问题，而是把法院同志请来交换意见，并且开诚布公地提出自己的想法。他说：“这个案卷怎么能存在档案室？几十年以后，我们这些人都死了，有人来翻看这个档案，他要说你们这个时代是什么时代？向毛主席写封信就犯了罪？他向最高人民法院告状，他们也不把状子送到最高人民法院去，反而把它扣压起来，这样做不行嘛。”同志们争论不休，各抒己见。谢老态度很明朗，认为错了就错了，应该实事求是，有错必纠。最后取得一致意见，将王××由无期徒刑改判无罪释放，但承办此案的同志怕负责任，在案卷上注明：“这是谢觉哉同志在这里讲的，这个案子判错了，所以要改。”事后，谢老同内蒙古政法部门党员干部讲话时还谈起这件事，他意味深长地说：“为什么这样写，就是准备反右倾时，反不到他。”

“当一个人犯了法时，叫‘犯人’，但‘犯人’也是人，只不过头上多一个‘犯’字，经过教育改造，帮他去掉‘犯’字，不是就好了嘛。”

——谢觉哉

他经常教育大家，共产党是要改造世界、改造人类的，我们的政策如执行得好，可以改造很多人。他举特赦溥仪为例说：“溥仪是一个两次被推翻的皇帝，都改造过来了。1959 年得到特赦，这连他自己也不敢相信。他自己说过：‘我的前半生罪恶实在太重了，是一百个死、一千个死也赎不回来的。’并且认为自己脑子已经僵硬，无法改变也不想改变。但在长期关押期间，经过改造教育，经过学习和到各地参观，看到了祖国的伟大变化，认识到共产党和毛主席的正确，逐步认清了自己的罪恶，终于有了改恶从善的转变，决心脱胎换骨，重新做人。有一次，他见到我，说：‘这是古今中外没有的。’溥仪那样的人都可以改造，普通的罪犯也可以改造。”

1960年的中秋节，皓月当空，碧天如水。全国政协邀请各党派人士赏月，溥仪也去了。席间，溥仪走到谢老身边，恭恭敬敬地自我介绍：“我就是溥仪，您老把我特赦了。”谢老连忙请他坐下，说：“是共产党、毛主席把你特赦的。”溥仪回答：“那当然，那当然，我要感谢共产党、感谢毛主席、感谢最高人民法院，我的特赦证书上面盖着最高人民法院的章，我也要感谢您老。”谢老见溥仪有几分紧张，风趣地说：“我还是你的臣民哩。”溥仪一听，笑了，气氛顿时变得轻松起来。赏月的人群中也腾起一阵欢乐的笑声。过去的臣民，如今的最高人民法院院长同一位被特赦的旧“皇上”、新公民平起平坐在一起赏月，这个难得的历史场面立即被新华社记者摄入镜头。

回家路上，谢老的夫人王定国问谢老：“你刚才对溥仪讲臣民是什么意思？”谢老幽默地回答：“他三岁当皇帝的时候，我考中了秀才，不就是臣民么？”说罢，哈哈大笑。回到家里，他高兴地对秘书说：“赏月的时候，见到溥仪了，我们把皇帝也改造过来了。”神情异常高兴、自豪。

（摘自《读者》1984年第10期）

熟人的成本

冯 仑

我们常常讲的人情面子，主要是指在熟人之间的关系运作。一些民营企业的领导总有一个感觉：熟人多了好办事，要用熟人，用熟人可靠。

在市场经济环境下，用熟人实际上也不是都能赚钱，用熟人不一定就能给企业带来利益；另外，熟人通常不会给你个人带来很大利益，相反，可能会给你带来很多成本上的过度支出，收入是递减的。

举个例子，你开车闯红灯了，被警察拦住，你一看那警察恰好是位熟人，他对你说：“大哥。你怎么在这儿?”你说：“对不起，刚才没看见红灯，打了一个盹儿。”对方说：“没事儿，过去吧。”这时候，你会怎么样？你会觉得有面子。为什么？别人闯红灯会被警察拦住，受处罚，而这个警察当着别人的面管你叫大哥，按照我们刚才讲的人际关系模型，在第三者面前管你叫大哥，是给你面子。你又有了面子，又省去了一笔罚款，你今天就很开心。然后你说：“兄弟，改天一块儿吃个饭。”他说：“行。”

第二次路过这儿，不是闯红灯，而是拐错弯了，一看又是这哥们儿，这回不道歉了，你说："又是您当班啊。"对方问："最近买卖不错，要请客啊。"你说："行啊，改日喝酒。"又省了一笔钱，面子大了去了。因为觉得麻烦了人家两次，都被拦住又放了，你会找理由请他吃饭，还这个人情。跟警察哥们儿一吃一喝一高兴，花费远不止一两百元。警察这会儿觉得很有面子，因为你请他喝酒，而中国人喝酒时要敬酒、要吹捧，他的感觉肯定好得不得了。于是两个人的关系由一般熟人变成亲密熟人，甚至是家人那种，更有面子了。于是，吃完了以后，你多问了一句："最近弟妹忙什么呢？"警察说："你这弟妹不争气，一天在家没啥事儿，找工作特别难。要不上你那儿找个活儿干，能开点钱就行，别让她在家待着。"你说："没问题，哥们儿的事嘛。"因为你不答应是不给他面子，答应了就是给他面子。于是他又敬你一杯，然后散了。过两天，警察媳妇儿来上班，怎么开工资呢？按照当下的标准，工资不可能太低。这工资月月都得开，每月至少 1000 元，还要买保险，加上其他开支，差不多 2000 元钱，每个月都得给。

上班 3 个月之后，警察兄弟打电话来了，说："大哥，您那公司咋管的，这么乱。媳妇回来天天跟我闹，您好好管管您手下，不能老欺负我媳妇。她不就是没上过大学嘛，没上过大学也是人。"第二天，你被迫变着法儿让下属都知道她老公跟你是哥们儿。而这时，你可能已经不开车，也不可能违章了。同时，你也对这位警察媳妇不耐烦了，对警察说："弟妹在这儿不舒服，干脆让她回家吧。这样吧，她不用上班，我每月给她开 1200 元。"这就是中国人的博弈，你花了钱，一年搭进去一万多块钱，还不好意思停这工资，不然最后钱花出去了，又得罪了哥们儿。

如果当初警察一上来敬礼、罚款的时候，你乖乖给，任他扣分，你就会责备自己不留神，并开始小心驾驶。回家后，媳妇问你为什么不高兴，你告诉她今天开车闯红灯被罚了，老婆就会骂你："你牛什么！你跟警察又不是哥们儿，赚的这点钱还不够被罚的。"你会说："行了，别说了。以后我小心就是了。”从此，你就变成好公民，尽量不再违规、不被罚款。

很多事实证明，熟人关系是超越制度而且破坏制度的。

（摘自《读者》2010 年第 2 期）

孩子们为什么这么熊

邓 娟

有这么一类人，每当你试图对其进行批评时，非但找不到任何优越感，反倒深感沮丧和无奈——他们打不得，骂没用，讲道理根本听不懂，弱小更让他们先天占据道德制高点，手握免责金牌；而你引以为自豪的心智和武力在他们面前也只是暂时胜出——你的人生基本成定局，而他们是八九点钟的太阳，未来无可限量。

这类全方位挫败你的人，正是“熊孩子”。

熊孩子，在北方方言里原本泛指讨人嫌的顽童，但在近年层出不穷的网络段子中，被苦大仇深的网友们进一步界定为不守规矩、难以管教的孩子。他们破坏公共秩序，入侵你的私人领地，“他会删掉你的存档，摔坏你的模型，划烂你的屏幕，甚至还死乞白赖地要抢走你心爱的漫画、游戏、玩偶……他们的叫喊声回荡在每一家饭馆和每一节车厢里”。哪怕被关在家里，他们抽风的“小宇宙”也能伤及无辜——贵州的一个熊孩子，因为窗外施工的电钻声影响自己看《喜羊羊与灰太狼》，生气地用刀割断了 8 楼的安全绳，导致工人危险悬空。

100 个熊孩子可能有 1000 种熊法，社会新闻层出不穷：有的偷开公交车，撞歪工棚，吓坏了熟睡中的工人；有的拧开消防栓，水淹 5 个小区 15 部电梯……比起来，那个刮花价值 300 万元豪车的都算是没创意的。

熊孩子，听起来萌，现实中却叫人头疼。熊孩子现象的背后，是一个个教育失败的家庭和管理失序的学校。

这个社会对熊孩子的容忍度似乎已经触底。网友们对“熊孩子被教训”题材喜闻乐见，还有人整理成合集，其中最受欢迎的一个故事是这样的：

新浪博主“阮公子先呵为敬”在公交站等车，被一个横冲直撞的熊孩子推上马路，撞倒了骑电动车的大姐，两个大人因此挂彩，更险的是后边跟着三辆公交车。而熊孩子的妈妈毫无歉意，全程用饱含母爱的目光欣赏着自家的娃。愤怒的博主动手了，电动车大姐和摆摊的“煎饼侠”都加入了战斗，最后熊妈和熊孩子在路人的谴责中败退。

没有月黑风高的场景，没有一波三折的悬念，这篇故事元素平淡的文章，破天荒地获得了 800 多万次的阅读量、987 次打赏。

在熊孩子的话题上，舆论的“众神狂欢”，看似被触到了情绪的高点，实则被戳中了痛点。成人在网络上的发泄，暴露的是现实中他们的孱弱。

孩子们越发无法无天：妈妈不让吃冰淇淋，4 岁女孩报警称“妈妈死了”；爸爸不让涂指甲油，10 岁女孩报警称“爸爸虐待”；爷爷不给零花钱，12 岁男孩向奶奶告状称“爷爷出轨”。如果只坑自家人也就罢了，但有些孩子对他人造成的伤害，让你不得不怀疑《三字经》的前六个字。

如今大行其道的熊孩子，其父母绝大多数是“70 后”和“80 后”。这两代人的成长回忆中，多半充斥着父亲严厉的管教、母亲失望的眼泪；隐私被父母当成糗事和三姑六婆分享，自尊心被父母挂在口中的“别人家孩子”击溃；那些“我都是为了你”“辛辛苦苦把你养这么大”之类的唠叨虽然可以理解，却也无异于以爱为名让孩子内疚、自责的亲情绑架。

也许正因为经历过这样不快乐、沉重甚至痛苦的家庭教育，当“70后”和“80后”为人父母时，恨不得把自己曾经缺失的，一股脑儿都给予孩子——尤其是在只有一个娃的情况下。

但这些父母同时是赶上社会转型期、经济压力最大的两代人，他们承受着疯涨的物价和房价，日复一日地忍受拥堵的交通，奔波于家庭与职场，无法给孩子充分的陪伴。最常见的家庭模式，要么是男人在外打拼，女人在家带娃，要么是夫妻双双把教养任务推给老人——前者的问题在于缺乏有勇气、有担当的父性教育，所以“爸爸去哪儿”成为近三年最热门的亲子话题；后者的弊端不言而喻，隔代教育最大的特点便是溺爱。

为什么熊孩子越来越多、越来越熊？每个熊孩子的背后，都有几个熊大人；孩子行为的“熊”，都能在大人身上找到根源。

没有人不犯错，但最可气的是，熊孩子犯错之后永远不用负责任。熊父母不但没教会孩子承担责任，而且推卸自己作为家长的责任。

你一定听过这些熊家长语录：“等你有孩子就知道了。”“孩子还小不懂事。”“你一个大人跟小孩计较什么……”

不要小看调皮鬼们的学习能力，他们最擅长试探父母的底线，无限度的宽容其实是危险的种子。许多年轻父母为了建立新型亲子关系，一味追求“爱的教育”，生怕严格要求会损害孩子的天性。事实上，即便在尊重儿童天性的西方教育理念里，自控和责任也是最重要的学习内容。

疏于管教的熊孩子，在网络热文里，他们的命运除了被“痛打”，还有另一种走向：一个熊孩子拿水往亲戚家的钢琴琴键上倒，孩子爹妈以“小孩子不懂事”为其开脱，还说“好心帮忙洗琴”。亲戚不好发火，于是笑眯眯地夸熊孩子干得好。后来熊孩子“再接再厉”，在商场用可乐“洗”了一架60多万元的进口钢琴，被索赔19.8万元折旧费。

在厌恶熊孩子的读者那里，这个故事的结局比“痛打熊孩子”还要“大快人心”。有人“神评论”：“对熊孩子最好的教训方式是赞美和鼓励，这样他一定挺不过 18 岁……”这样的结果，远远比孩子被打骂更残酷。负责的家长，会在外界的惩罚降临前，树立孩子的是非观念；不负责的熊家长，却只会索求别人的包容和退让。

但家的边界不可能无限延伸，熊孩子总有一天要走进社会。

在集体生活中，熊孩子通常找不到自己的位置。从小疏于规则教育的他们，面对标准化的学校纪律，不会乖乖顺从，往往是百般抗争。

传统的学校管理有时候简单粗暴，标准化的大生产模式通常会削掉所有棱角，从外表到心灵，把每个成品都磨得平整，否则就视其为另类。

在这样的校园生活中，那些成绩不好还调皮捣蛋的熊孩子，感受不到学习的乐趣和希望，无法得到平等的对待和尊重，往往就被放逐了。

每一个熊孩子的养成，既有个体原因，也受到环境的综合影响，他们是麻烦的制造者，也是浮躁社会的受害者。

通往成人世界的道路危机四伏，也许某个熊孩子会在未来成为爱迪生一样的发明家，也许大多数曾经调皮捣蛋的熊孩子终会安全成长，成为大千世界的普通人，但也会有一些熊孩子，错失被对症下药的治愈机会，在可恨可悲的路上一路狂奔，而他们原本是无辜的。

（摘自《读者》2016 年第 8 期）

机会与危机

曹木兰

春节过年回老家，连逼婚都不再是七姑八姨大伯小叔最关心的话题了，大家见了我都先问："你说今年这经济形势，到底会咋样啊?"一年前我回家，人人都只盯着问股票代码，今年终于开始关心宏观经济形势了。

中国经济的走势也是日本人最常问我的。中国股价去年 6 月份开始大跌，不少日本同事都来问我，这会不会影响中国人来日本"买买买"啊。能让日本人眼巴巴地盼着中国人有钱，说明咱中国越来越重要了不是?

2016 年中国的经济形势到底会怎样，也是我自己非常关心的问题。我请教了很多人，金融从业者、传统产业的企业家、大学教授……大家的答案都高度统一、简明扼要：不知道!

确实，中国的情况太复杂了。我家饭桌旁的墙上挂着一幅中国地图，我从小吃饭时就看着它。今年我突然有点体会到最高决策者的心情了，如果他们的饭桌前也挂着这张地图，看着祖国情况各异的 30 多个省份，还有那一圈不让人省心的邻居，不知道还有没有胃口吃饭。

可是做中国的老百姓也不容易，去年的上半年和下半年，股市那叫一个冰火两重天。千股涨停、千股跌停能在一年内发生，咱老百姓也真是长了国际水平的见识。再说这元宵节刚过，上海人民就眼巴巴地看着房价又坐上了火箭，“去年不买房，十年都白忙”；北京人民却惊闻小区的墙要被拆了，那百分之好几十的公摊面积真要让业主哭晕在小区的绿化带上。

别说预测一年的经济形势了，我连未来一天的经济形势都预测不了。弄出熔断机制的智囊们，也没想到开市才 15 分钟大家就都可以下班了。不过有一点可以肯定，中国经济确实不如之前那么有劲儿了，大家普遍地觉得日子难过，钱难赚。

元宵节前的周日，我去了上海现在正火热的有个大摩天轮的商场，一楼的国际大品牌和二、三、四楼的国产服装品牌门店，都颇为冷清。但是一到七、八楼，乌泱泱的，人声鼎沸，几乎所有的餐厅都要排队。真是让我喜忧参半。忧的是楼下实体店日子太难过，喜的是餐饮楼层的人气说明大家还是有钱，还是要消费。

中国这么大的市场、这么多的人，经济也是东方不亮西方亮，黑了南方有北方，有“危”，更有“机”。投资圈目前并没有退缩。虽然经济不景气，短期内看不到刺激经济猛增的机会，但娱乐和泛娱乐成了时下的投资首选。

道理很简单，经济好的时候大家干什么？忙啊！经济不好大家干什么？玩啊！我问过一个中国台湾的朋友，台湾经济飞速发展的时候他个人经历了什么。他说自己家本来在农村，经济发展的时候爸爸到镇上开了个摩托车修理店，经常晚上 11 点多还有人砸门要紧急修车。所有人都忙忙碌碌的，就像日本经济腾飞时代写字楼深夜长明的灯光一样，地区经济的发展带动每个人去奋斗与忙碌。而经济发展无力，大众也会普遍无所事事，中低档消费的娱乐成为新的刚性需求。

春节期间电影票房的火爆也算印证了这一点。我认识某上市公司的副总，下个月就去掌管一个专投娱乐项目的基金，账上已经妥妥地趴着十亿元人民币。纳斯达克疯涨的时候，专投互联网的基金也难一口气融到这么大笔的资金。可人家轻描淡写地说，这点钱哪儿够啊，投不了几部电影。

我觉得这也是中国经济未来一个重要的机会所在——还是有相当一部分人手上捏着不少钱！有人、有钱，就终究有机会。

实际上，比起担忧经济危机，我更担忧“经济疯狂”。最近上海楼市的这一轮暴涨，比波澜不惊的股指更让我畏惧。2008 年起源于华尔街的金融危机里，中国相比世界其他市场，受到的影响已经是少之又少，中国人尚不曾经历真正的经济危机。

从我个人感受来说，反而因为 2008 金融危机对国际市场的打击，让中国成为大量外资的“避风港”，当时募集一个美元基金甚至比现在要容易得多。中国如果爆发经济危机，诱因不会来自国外，最大的危险潜伏在国内，而这些危险并不为担忧着经济危机的老百姓们所知。比如人人都骂股市跌得厉害，骂庄家吸血，骂政府不作为，殊不知庄家之所以能存在，不在于政府监管的严苛，而在于散户多了势必滋养出庄家——因为散户容易被情绪诱导，散户越多的市场越容易被人为操作。美、日、欧，几乎没有多少老百姓亲自操盘股票，市场上基本都是专业机构。为什么？因为老百姓都经历过股灾，知道股票“高抛低收”的背后有太多专业知识。自己天天跟着小道消息炒股，就不能怪庄家玩了自己。

再比如，最近创业企业一片一片地倒闭，一批一批地关门。这是经济不好吗？不，这些公司原本就应该关门大吉。跟风创业、抄袭创业，一家融到钱马上就有十几家公司拼凑出相同的业务又去圈钱，这样的公司不死，中国经济的前途堪忧。

新年了，我不少的朋友都有新变化。听说有人把亲戚的大棚种植项目改成了文艺青年们追捧的多肉植物，我要为他的市场定位竖起大拇指；还有朋友从外企辞职，把老家的古法红糖带到了自己的网店；做餐饮的朋友把门面转租出去，专心做中央厨房和外卖业务；我的高中同学在新东方任教多年，去年自己开了个英语培训机构，一年赚了几十万，今年又拉了个合伙人；我在日本搬家，搬家公司的老板是在日本待了5年的中国人，他刚刚给我打电话，说生意有点好，明天能不能6点半来给我搬家，一向痛恨早起的我满口答应。

我支持所有创业者，尤其是这些踏踏实实、做好一项业务的创业者。再萎靡的经济形势下，也会有商机，找准市场的切入点至关重要。

我在上海百货商场看到两家小店人气很旺，其中一家是做中式童装的，不少全家出行的顾客当场买衣服给孩子穿上，爷爷奶奶争相拿着手机跟着拍照。还有一层楼，全是顾客自己在做木工、画油画、打首饰……任何国家、行业、企业都不会长盛不衰，起起伏伏又生生不息才是经济发展的正常规律。没有人知道，明天和经济危机哪个先来到。无论哪个先来，至少我们还拥有今天。

在经济放缓的时候每个人都找回踏实、奋斗的态度，不要指望从股市、楼市里一夜暴富，能多学习就多学习，能多工作就多工作，才是对抗经济危机的真正良药。

（摘自《读者》2016年第11期）

一个孩子的清白

杨　宙

1

国庆假期，雨已经连着下了好几天，到处湿漉漉的。刘涛接到电话时，正好是一个难得的晴朗的下午，全家人在附近的湿地公园玩耍，10岁的儿子小新也在。

电话是派出所民警打来的，刘涛被通知前往自家小区的停车场，好几个人在一辆奥迪车旁等着他们。这辆黑色奥迪车的车门和后备厢有好几处深浅不一的划痕，损伤严重。通知他的民警名叫邹兴华，是附近片区的派出所民警。他告诉刘涛，根据现场的监控，在这辆奥迪车停放于停车场的几天时间里，只有刘涛的儿子小新曾近距离经过，并且有伸手碰车的举动。车主也告诉邹兴华，在进入停车场之前，这辆车一切完好。

10 岁的小新被几个成年人围着，显得很慌张。在刘涛看来，车不太可能是小新划的：一是因为孩子身高不够，要抬手在后备厢盖上划下这么重的痕迹，几乎不可能；二是，那些像用尖锐石子刻下的严重划痕，不是一个孩子使力能划出来的。

但这些都是他的推测。视频监控摆在这儿，前后矛盾摆在这儿，甚至连围观的群众都指出了不太可能是入库前划伤的论据：重庆连日多雨，如果这些是旧划痕，那么早就该生锈了，不可能这么新。

刘涛当场问了儿子几个问题：一是有没有划车，小新说没有；二是经过的时候有没有看见车上有划痕，小新也回答没有。再问下去似乎也问不出什么了，更重要的是，小新看起来越发沮丧，辩解的声音里带着烦躁。

后来回想起来，大概正是在这个关键点上，刘涛意识到自己问话的方式不对，必须立马转变策略——孩子回答时不会顾及太多，可能分不清“不确定”和“没有”的区别。现在，小新的答案明显和现实情况矛盾，这反而对他不利。

没有太多的辩解与争执，刘涛迅速作出决定——让家人先把小新带走。“如果孩子做了错事，应该由家长承担责任，并在孩子有安全感的情况下进行教育；如果孩子没有做错事，在这种场合，我也不能用‘闹’的方式解决，这样会给孩子留下错误的印象，以为解决问题就是靠闹。”

38 岁的刘涛是一名程序员，办事讲求逻辑与理性。在他看来，许多事情都可以用一些逻辑模型去评估策略的合理性。

理性分析告诉他，无论如何，他应该先承担责任。如果真是孩子做的，那么他也算是主动担责；如果不是孩子做的，那他也收获了有所担当的形象。

2

作为爸爸，刘涛的角色是养育与照顾。他一度觉得自己是最了解孩子的人。但在小新的独处时刻，他发现，孩子心中已经有了一小块他不曾了解的部分。他希望能和这个小人儿做朋友。

从小新上一年级开始，每天放学后，这个家里都会有一个固定的仪式——由小新告诉父母这一天受到的表扬与批评，有什么开心、难过，或者值得分享的事。刘涛觉得，因为跟父母有了交流，孩子或许会更加专注于当下的生活，“想着回家与爸爸妈妈分享细节”。

即便那天小新被那么多陌生人围着，被指责，刘涛也没有着急。他内心很笃定，无非就两个答案——如果不是孩子干的，就得找出证据；如果是孩子干的，也没关系。他没有把小孩撒谎这件事想得过于严重，而是用另一种视角审视：在还没有形成完备的道德观念之前，撒谎这种行为，或许是他成长的必经之路，意味着他开始学会权衡利弊。

那天回家后，刘涛把小新叫到书房。他说：“爸爸已经把事情办好了，不管如何，钱先垫出去了，你能不能跟爸爸说说到底是什么情况？”小新还是很坚定：“爸爸，真的不是我做的。”

那个时刻，刘涛已经十分确定——不是小新。这些年来，他熟知儿子的行为模式，撒了谎，会找借口和理由，但这一次不一样，小新的这种坚定，是从来没有过的。

刘涛打定主意，既然小新是被冤枉的，那么就要帮他找出具有说服力的证据。

3

几乎在差不多的时间，48 岁的民警邹兴华在结束了一天的值班后，心里还是放不下那个 10 岁孩子的案子。他始终记得孩子坚定否认的样子，尽管结案了，他还是对事情抱有怀疑。

后来，他嘱咐同事帮他从停车场把监控视频拷贝回来，38 个小时，超过

60G，光拷贝就花了 3 个多小时。

把视频拿回来之后，邹兴华也没法在工作时间看。这个普通基层民警的一天，被各种琐事占据。

查监控视频，能利用的就是早上提前到单位的半小时，以及午休时间。在机房，他花了 3 天时间，用 4 到 16 倍不等的速度观看视频。这辆奥迪车从 4 号凌晨停放到 7 号下午，直到小新出现，前面大部分时间里，没有人经过。邹兴华坚持着从头到尾看完，他怕一旦跳帧，会错过些什么。

直到 7 号下午的 14∶02 到 14∶07，小新出现，邹兴华把这段区间的视频反复看了四五遍。车的损伤部位已经刻在脑子里，他反复看小新经过这辆车时的动作。能确定的是，小新的手是插在兜里的，偶尔几次触碰车，也是极其轻微的。

事实上，早在事发后的第二天，刘涛就和邹兴华通了一个电话。前一晚和孩子认真谈完后，刘涛开始寻找证据，首先想到了自己车上的行车记录仪——当时他的车停在那辆奥迪车对面，如果运气好，说不定能拍到点什么。可惜，720P 的画质不足以让他看清对面的状况，他决定联系派出所寻求帮助。

这是两个男人间的第一次通话，刘涛的话还没出口，邹兴华就告诉他，自己在看录像，完整看完还需要一点时间，让他等等。刘涛觉得意外又感动，他从没想过还有警察会继续查这件事。

第二天，刘涛再次接到了邹兴华的电话。对方告诉他，基本排除了小新“作案”的可能。

接下来的事情算是顺理成章了。通过邹兴华从车主那儿问来的线索，他们到 7 号以前奥迪车经停过的车库，查找此前可能被监控拍到的画面。那一天，邹兴华在派出所值班，刘涛自己开车，到了江北一座商厦的地下车库。

因为派出所的关系，车库管理员为刘涛播放了 4 号下午车辆进出时路口摄像头捕捉到的监控视频。终于，在车库门口那个高清摄像头拍摄的画面里，刘涛看到那辆奥迪车缓缓驶来。

那辆奥迪车的左半边从摄像头下方经过，左侧前后车门上，两条大约 8 厘米的划痕清晰可见。没有遮蔽，没有疑问，证据就在这里。

刘涛把这一帧画面拍下来，发给邹兴华。邹兴华与同事随后赶到，通过对不同角度监控视频的分析，确定了这辆奥迪车之前就有划痕。二人没有太多交谈，邹兴华随后通知车主退回那 3500 元，然后回到派出所继续值班。

当晚回到家后，刘涛并没有马上把真相告诉小新，而是像以往任何一个普通日子一样，吃完饭，两个人聊起这一天发生的事。他告诉小新，事情解决了，但找证据时那些努力的细节和过程，他没有提，他觉得不重要了。

4

总的来说，这件不知名的小案件，就这样结束在重庆的晚秋。

事后，为了表达谢意，刘涛的父母拨打了当地民生新闻的热线，对邹兴华进行了表扬。在基层派出所工作 15 年之后，邹兴华登上了报纸。他说没有想到，自己会因为这么一件小事上报纸。

邹兴华还收到了人生中的第一面锦旗，是从北京寄来的，寄件人姓名不详，锦旗上写着："还得清白少年笑，铁汉柔情卫士心。"

这件事在 10 岁孩子心中留下了多大的印记？

小新的答案是，那两天有点不开心，具体表现为下课后他都在座位上发呆，一直在想，是不是自己经过时，衣服上的拉链划到了那辆车？如果其中一道真的是他不小心划的，那他是不是也算撒谎了？

当然，现在一切都结束了，小新对目前的结果很满意。小新说，他还有一件重要的事情要澄清：他当时只是因为喜欢车，才走过去看了看，并不是像大人说的那样，在逗一只苍蝇。

（摘自《读者》2021 年第 3 期）

畏　惧

鞠志杰

如果畏惧也有灵魂，那么请给畏惧一些高尚；如果畏惧也有情操，那么请给畏惧一点纯真。

女儿自从上了五年级，每隔一段时间就会值周。值周的主要任务是维持课间活动秩序，对于那些打架或者骂人的学生，有权制止并记下姓名，甚至告到政教处进行处罚。为此，女儿颇有些优越感，对值周不仅向往而且乐此不疲。有一天我问校长："为什么只有五年级和六年级的学生有值周的权利呢?"校长解释说："高年级的学生身高力大，有一定的威慑力，低年级的学生会感到害怕，这样便于管理。如果让一个一年级的学生去管一个六年级的学生，显然力不从心。"

我每天上班都比较早，所以观察到了收发员和保洁员的工作细节。此时，大多数办公室还没有人，收发员便把报纸随手顺门缝塞进去或者别在门把手上，有时为了省力，他还会把报纸往地上一摔，再用脚一踢，那沓报纸便擦着地皮进了屋。而对于领导的报纸，却总是等领导来了之后才恭恭敬敬地放在办公桌上。保洁员的性情很温顺，每天都不声不响慢条斯理按部就班地和污秽做着顽强而又不懈的斗争。但是，她来到单位后，总是先打扫领导所在的楼层，打扫的时间也要比其他楼层长，打扫完毕后还会在卫生间放上几个卫生球。而其他楼层的卫生间，却没有这样的待遇。

同样是孩子，小孩子只能被大孩子管；同样是报纸，领导的报纸就不会被脚踢；同样是卫生间，却因光顾的人不同而使保洁程度不同。造成这种差异当然与行为人所持的工作、生活态度有关，但左右这个态度的因素却是每个人体内都有的一种畏惧情绪。就像自然界中羔羊畏惧恶狼、山雀畏惧雄鹰一样，是一种本性或者本能使然。

我常到某个网站去下棋，时间长了发现，那些高段玩家总是不由自主地显示出高高在上的优越感，他们自恃棋技高超，常常口出狂言，欺负低段棋手，动不动就以“不服砍死你”的话语来威胁。同样，在 QQ 群中，一般群员对群管理员会不由自主地心生尊敬，甚至主动讨好，因为管理员有“踢人”的权利。虚拟世界中，畏惧的心理尚且存在，何况是现实生活中！

由此可见，是优于常人的能力决定了一个人是否拥有让他人畏惧的资本。这能力，可以是体力上的优势、年龄上的优势、职业的优势、资历的优势……这种令人畏惧的资本，又因所有者的德行是否高尚，要么获得人们的尊重，要么换来人们的厌恶。

这种畏惧感又从何而来呢？其实，在现实工作、生活中，我们只有两种角色——不是管理者就是被管理者。被别人管自然会不自由，管理别人别人却不服气自然会气不顺。管与被管就成了一对矛盾体，彼此制约、彼此畏惧。被管者不服从管理一般有两种情况：一是他什么都不在乎，不懂得畏惧；二是管理者不值得他去畏惧。因此，在各行各业中，那些管理者往往各方面的条件都会优于被管理者。否则，极难开展工作。

人是应该懂得畏惧的。不畏惧法律，就会以身试法；不畏惧规则，就会触犯规则；不畏惧大自然，就会被大自然惩罚。

人是应该懂得畏惧的，但不要给畏惧披上虚伪的外衣。如果畏惧也有灵魂，那么请给畏惧一些高尚；如果畏惧也有情操，那么请给畏惧一点纯真。真实地去畏惧，不做作也不谄媚，让畏惧刚正不阿。畏惧，才能真正成为一种尊重。

（摘自《读者·原创版》2008年第8期）

为什么要和陌生人说话

任冠青

作家金宇澄说，他特别反感一些过度简化的评价标签，比如年轻人动不动就称人是“渣男”。人不是这么简单就可以定义的，我们不该用如此幼稚的词语去解读复杂的人性，去草率地评价一部文学作品。

从这个意义上讲，纪录片《和陌生人说话》具有它尊重人性的一面，它讲述的每一个非虚构故事都颇具戏剧性和离奇感。难得的是，纪录片里的故事虽然离奇，节目的观察方式却绝不猎奇。它拒绝煽情，不去评判，而是用温和、克制的方式呈现最为真实的生活纹理，以平实的视角深入人性幽微之处。

最初看到“老人将300万房产送给水果摊摊主”的热搜话题时，不少人都本能地产生警惕与戒备：老人会不会被PUA了？家人为何没有得到房产？水果摊摊主是否早有预谋？“不理解，往往是因为不了解。”《余生只信陌生人》一集，便穿透了冰冷的利益计算和动机揣测，还原了陌生人之间可贵的善意与依偎温情。

88 岁的老人失妻丧子后，是这位水果摊摊主游先生陪他走完了“白发人送黑发人”的痛苦旅程；老先生跌倒后昏迷不醒，是被这位摊主及时发现并送到医院的；住院期间，由于老先生亲人的缺位，游先生主动担起了悉心照料的责任；老人之所以邀请摊主一家住到自己家中，除了表达感谢之情，更有抵御孤独、体味天伦之乐的情感需求……在这一集中，公证员李辰阳还讲述了更多令人动容的故事细节。一位摩的司机因为好心搀扶跌倒的老人而与老人相识，此后，他们彼此帮扶，在真心交往中变得有如亲人。老先生喜欢散步，却因膝关节脆弱而难以成行。于是，摩的司机不做生意时，便载上老人，以 10 码的“龟速”“嗒嗒”前行，让他尽情欣赏两边的风景。

在社会新闻的简要描述中，这些戳心时刻往往显得微不足道。殊不知，这种相互陪伴恰恰是最为真实的需求，把它们串联起来，才是老人选择将余生托付给陌生人的关键所在。

《杀猪盘——单身男女“屠宰场”》一集中，节目也跳出简单化的社会想象，还原了沉默的、被遮蔽的受害者心境。在描述那场充满谎言与幻象的网恋骗局时，“北漂”女孩赵静使用最多的词语却是“真实”：对方的社交账号“人设”是如此真实可溯，彼此聊天带来的快乐、坦诚内心时展现的脆弱一面是那么真切，他所提供的关心和情绪价值也真实可感。后来她才知道，自己不过是这场“杀猪局”中被“屠宰”的对象。对方的任务，是在与她建立情感联系后获取信任，然后诱骗她参与海外线上非法博彩活动。

如果仅对行为进行评判，赵静可能会被贴上两种截然相反的标签：作为骗局的受害者，她是愚蠢而贪婪的，所谓的网恋也显得无比荒谬和可笑；而作为成功“反杀”的代表，她又是机智而勇敢的，正是她的冷静和果断，最终将骗子送进监狱。

这一看起来无比矛盾的集合体，究竟是怎么形成的呢？在《和陌生人说话》的镜头下，我们看到了受害者那鲜为人知的内心状态。他们之所以容易陷入虚拟的情感陷阱，并不单纯是因为愚蠢和好骗，而是因为身处大城市，他们往往是骄傲而孤独的。他们渴望感情，渴望得到关心。但在现实生活中，这些往往可遇而不可求。讽刺的是，屏幕另一端的骗子之所以会被“反杀”，也是因为他人性的一面被唤醒。

“之前我感觉自己 17 岁，现在的自己像是 70 岁。”赵静的这句独白，让我们感受到这场冷血博弈的残酷。

《鱼缸里的大衣哥》一集中，偶然成名的朱之文在农村老家成为被围观、被注视的对象。每日，卖假发、学唱歌、求合作的来客踏破门槛，乡亲们举起几十部手机对准他“蹭”流量。即便关上门，他也逃不开天上“嗡嗡”作响的航拍器和门缝里探进的手机镜头。这样的生活，朱之文过了 10 年。

名气就像一只变幻莫测的猛虎，它既给朱之文带来了人气与积蓄，又贪婪地侵蚀着他已然退无可退的私人空间。这只猛虎无法招之即来，挥之即去，他必须充满警惕地与之博弈。于是，我们看到朱之文的嘴角永远都在上扬。“笑迎八方来客”“小心驶得万年船”成为他最朴素的处世哲学，就连跷个腿也要有所顾忌，说句话都要字斟句酌。

让很多人感到不解的是，即便对全方位的直播生活深感不适，即便有能力搬离，朱之文依旧没有一走了之。相反，他出资购买公共健身器材，修路，建学校，继续在家乡深深扎根。因为人到了 50 多岁的年纪，家乡的左邻右舍、一砖一瓦、一草一木皆已成为牵挂。对于成名带来的种种无奈，朱之文的选择是直面，而非逃离。

每一个看似匪夷所思的决定背后，都有其存在即合理的原因。以不解作为开端，用温和砸开偏见，《和陌生人说话》正是以一种缓慢的、不着急的方式，引导观众剥洋葱般抵达陌生人柔软、真实的内心，去发现小人物的悲欢离合。其实，在审视陌生人的同时，我们自己的内心又何尝不是在接受审视？

（摘自《读者》2021 年第 5 期）

生命的馈赠

纪慈恩

如果人想要在离开这个世界后仍然留下些什么，会是什么呢？

1

小蕊是在出生的当天被遗弃的，因为她患有严重的先天性疾病。

她唯一的出路就是做肾移植，而且，移植到儿童的肾脏会更好。

了解这个信息的那天下午，我的心情很沉重。我的第一反应并不是能不能找到肾源，而是，小蕊要活下去就必然有另一个孩子失去生命，这让我不能心安理得地祈祷肾源快点到来。

在大多数情况下，我并不想用道德去衡量这件事，就像人类需要吃肉一样，器官移植也是要牺牲一方才能换来另一方的生存，我只将此看作命运。

于是我一边陪伴小蕊成长，一边等待肾源的到来。不知道是幸运还是她的肾并不难配对，在我们登记资料3个月后就找到了合适的肾源。医院打电话通知，让我们做好准备，如果那边家属同意捐献，小蕊马上就可以进行肾移植。

我们耐心地等待着，等待的时候，我们都是矛盾的。等待意味着什么？意味着我们在等待对方死亡，这样小蕊才可能得救。可对方也是个孩子，也许是一个和小蕊一样可爱的小女孩，她有父母，她的父母也和我们一样，希望她活下去。

然而，最终的结果是，对方已死亡，但是家属坚决不同意捐献。

得到这个消息的时候，我和几个保育员阿姨坐在居室里面沉默着，其他孩子在我们身边嬉笑玩耍，我怀里抱着已经熟睡的小蕊，心里很遗憾。并不是单纯地为小蕊遗憾，而是，之前我的愧疚来源于必须要二选一的痛苦，可是现在那个孩子没有得救，小蕊也失去了希望。

“没事，小蕊的病情比较稳定，我们还有机会，一定会有人愿意捐献的。”保育员阿姨看出了我的忧伤，安慰我。

我点点头。我也相信会有，于是我抛开一切思绪，继续等待。

小蕊的身体很虚弱，一天中有半天需要靠呼吸机来维持，近一年来情况越来越严重。她能说的话不多，但总是喜欢紧紧地抓着我。我才知道，她身体虽然虚弱，小手却那么有力。如果没有肾源，她自己的肾恐怕撑不了几年。她知不知道发生了什么呢？她知不知道自己的状况呢？

她很少哭，似乎她并不想给别人带来麻烦。平时，她总是笑，我不忙的时候抱着她，她笑；我忙的时候把她放下，她也不哭，似乎她早已准备好面对这样的人生了。

其间，又有一例肾源匹配上，但和上次一样，家属不同意捐献。

在她3岁的一天，肾衰竭出现了，比我们预计的更早些。医生说还可以维持半年到9个月，如果可以在她的肾彻底衰竭之前找到与之匹配而且愿意捐献的肾源，她就还有希望。

我们加大了肾源搜索的范围，向更多的资源处发出消息，希望肾源早日到来。同时，我们不得不面对另外一个现实：找到肾源并不等于可以移植。

日子又过了 3 个月，我们获得消息，又有了合适的肾源。

这次大家都没有过早地欣喜，因为我们知道，家属这一关并不那么容易过。我们只能让医院来调解和谈判，因为捐献前双方不可以见面。

前几次，我们都没有过多的要求，因为我们知道家属和医院都已经尽力了，可是，这一次，可能是小蕊最后的机会。所以，福利院的院长亲自去请求医院的院长，希望他们在谈判中多加努力。

虽然我们不可能知道谈判的过程，但是我们相信医院已经尽力。谈判很多次，但是家属的态度非常坚决，不同意捐献。

很遗憾。

我可以理解家属。是啊，我相信，如果有一天科学技术可以做到保存一个活体器官长达几个月，一定会有家属愿意捐献的。但是，在他们的孩子刚刚去世的时候，你跑过去告诉他们，把你孩子的肾捐给我们吧，我们的孩子很需要它，大多数父母是无法答应的。

我开始感到害怕。

离医生估算的那个时间越来越近，是否还有下一例肾源，不得而知；纵使找到肾源，家属是否愿意捐献，我们更是没有把握。这个时候，我不得不开始想到死亡。从小蕊一出生，我们就着手寻找肾源，3 年了，老天真的会眷顾这个孩子，让她在最后一刻获得肾源，移植成功吗？

如果是在电视剧中，到这里，一定会是在最后关头，小蕊获救了。

可惜，不是。

是的，小蕊最终没有等到，她走了。在一个寒冬的清晨，她身上插满管子，平静地闭上了眼睛。

其实，此前的几天，我们已接到病危通知书，很多阿姨、工作人员、志愿者都守在 ICU（重症监护室）门口，等待着奇迹，等待着肾源从天而降。

尽管在这个时候，根据我的医学知识，我知道，即便有肾源，她也未必能够做手术，但是，内心还是期盼着奇迹可以降临在这个只有 3 岁的孩子身上。

然而并没有。

我抱着小蕊还有一些温度的遗体，眼泪滴答滴答地流下来，心怀希望，希望我的泪水可以唤醒她。虽然她只在我身边 3 年，但是，奔波在寻找希望的路上时，她早已不再是“别人的”孩子。

当小蕊的身体彻底冰冷的时候，我不得不接受一个事实：她走了，再也不可能有奇迹了。

在小蕊病危的时候，福利院院长已经签署了协议，捐献小蕊的器官给其他需要的人，当然，这是所有工作人员的意思。很多年后，我和院长谈起这件事，我问他，你恨过他们吗？他说，恨过，真的恨过，但是也可以理解，只希望有人可以在这件事情上做更多的宣传，让小蕊这样的孩子有机会生存下去。

我最感动的是，小蕊因为别人拒绝捐献而死亡，但大家还是一致决定将小蕊的器官捐出去。

院长最终决定，小蕊的器官无论捐给什么人，我们都不要对方的感谢，不需要知道他（她）是谁，也不接受任何馈赠，哪怕是一束鲜花。小蕊走了，这是她的命，我们做主将她的器官捐出去，这是我们的选择。

小蕊走了，我仍旧是难过的，送别老人和送别孩子，感觉是不一样的。至今，我仍然很想念她躺在摇篮里的笑容，她那么不喜欢麻烦别人。我想，她一定非常高兴自己可以贡献点什么给这个世界，相信此刻的她，在天堂里一定是快乐的。

我写下这个故事，并不是鼓动大家都去捐献器官，更不是想道德绑架，而是，我想我们可以思考一下，救人是为了什么？不捐献的本质，又是什么？

这仍然要回归到我们面对死亡的态度上，我们不愿意承认生命的逝去，不想正视这个问题。也许因为逝者是孩子，我们更难以面对，我们不忍心再在他身上开一刀，希望他平静地离开。这是对逝者的尊重，这是常理之中的事，没有任何可评判的。

2

于是，我又想讲讲小文的故事。

小文是一个先天性心脏病患者，去世时 38 岁，这颗破碎的心脏伴随了她 38 年。她做过很多次手术，多到她也记不清次数，到最后她的身体已经完全无法负荷开胸手术了。此时，她让我帮她联络捐献器官的事宜，因为她还年轻，其他器官仍然很健康，所以，她觉得这是她能留给这个世界最重要的东西。

不知道是不是因为我给她讲过小蕊的故事，她总是对捐献器官这件事充满热情。她在第一次看签署资料时，对我说："慈恩，你相信吗？如果小蕊活着，如果我的肾可以匹配，我愿意当下就捐给她。"

还没等她说完，我就坚定地说："我相信。"

我看到她的目光里充满了力量。我没有告诉她，即便小蕊现在活着，她也不可能捐献成功，小蕊需要的是与她年龄相仿者的肾。但是，我仍然感激这个姑娘，在生命走向尾声的时候，有这样一份感情。

心脏病伴随她这么多年，她早已久病成医，心脏出现什么样的症状和疼痛，她都知道意味着什么，甚至知道自己还剩下多少日子。但是最后的日子，她很快乐，她每天快乐地研究捐献器官的协议和资料，还喜欢上网查询并和我探讨依她的身体状况而言，她大概可以救多少个人。当我给她分析的数字超出她的预计时，她就喜笑颜开。

我问过她，为什么热衷于这件事情，要知道，捐献成功也就意味着你在这个世界上已经消失。

"我怎么会消失？我的器官还留在这个世界上，我还和你们在一起。可惜我有一颗破碎的心脏，我听说，心脏是和活着的人最有力的联结，如果我有一颗好的心脏，而我捐给了别人，慈恩，你一定会和那个人成为好朋友。我热衷于这件事，和你热衷于从事这份工作一样，你改变了一个人的生命轨迹，不是很快乐吗？你说过，你喜欢这份工作，是你觉得这份工作让你配得上爱这个字。我从小身体就不好，真的没有做过什么，我也想配得上我的生命和爱。”

我永远都记得她说这些话时的语气、表情和喜悦之情。

但是当死亡真正来临时，当医生下了最后的“宣判”时，她还是哭了，很隐忍地哭了。我在门外看了她很久，看到我，她下意识地拭去满脸的泪痕，勉强挤出一个笑容。

我走过去，紧紧握着她的手，对她说：“恐惧死亡并不是什么丢人的事，你已经做得好极了，你是我见过的人里面做得最好的一个。”

小文紧紧地抱着我，似乎试图在我身上寻找到一些力量，可以支撑她更勇敢地上路。

小文走的那天，我在。我握着她的手，她也看着我，微笑着永远闭上了眼睛。

感受着她的手慢慢地冷却，我知道，她已经永远离开了，但是我的内心没有悲伤，很宁静。

后来我并没有刻意了解她的器官的去向，救了多少人，以及他们都过得怎么样。只是听说其中获救的两个孩子，父母很想联系她的家人，但是被她的家人婉拒了。

听到这个消息时，一道深深的阳光照进病房里，我知道，对于生命，小文已经没有任何遗憾。

3

也许你以为我想说的还是鼓励大家考虑捐献器官这回事。不，不！我想谈论的仍然是我们内在的生命的选择。

我在 2012 年的时候捐献了造血干细胞，后来知道是捐给了一位骨髓瘤患者。一年后应病人的强烈要求，我们见了一面（法律规定，捐献双方在成功捐献未满一年时不可以见面，也不可以知道彼此是谁，但一年后若双方都有意愿，可以通过第三方见面）。

我并不打算具体描述这件事，只想谈谈我的内心世界和我内在的改变。我们见面的时候，病人、病人家属，以及骨髓库的工作人员都对我表示了敬意，他们觉得我的"奉献"让另外一个生命活了下去，当时，连我自己都以为我的捐献是为了他。

过了许久，当我开始重新理解这件事时，我发现了一个秘密。

外面是没有别人的，我以为这个受益者，或者很多我照顾、陪伴、服务过的人，我以为我帮助的是他们，不是！我只是借用陪伴他们的方式健全自己的灵魂，那样的灵魂让我着迷。我非常幸运，找到了"获得"的方式。通过惠及他人而获得的东西，它深入我们的身体里、灵魂里，并不是表面的付出与获得的等值那么简单。

任何所谓的"奉献"，我希望我们每个人都是为了自己——只能是为了自己。"好人好报"，我不是很喜欢这个理论，如果做好事是为了得到好报，这已然成为一种交易；如果信念里觉得行善应该有好报，那说明离真正的善还远得很。所以，人做任何事都只能是为了自己。

为他人，不会长久，内在也没有真正的喜悦；只有为自己，这些经历才会直抵我们的灵魂深处。当我们心安理得、心甘情愿地想要为了让自己的生命更有质感，而去为他人的生命做一些什么事时，那一刻，生命才是在真正地延续，你会感到前所未有的喜悦。

（摘自《读者》2021 年第 4 期）

致 谢

刚刚过去的2020年,必将成为人类历史上非比寻常的一年——一场新冠肺炎疫情在全球蔓延,截至2021年2月底,已造成约1.14亿人感染,252万多人死亡。艰难方显勇毅,磨砺始得玉成。在如此艰难的情况下,中国依然取得了举世瞩目的成就:快速遏制了疫情在国内的蔓延,全面打赢了脱贫攻坚战,“天问一号”“嫦娥五号”“奋斗者”号等科学探测实现重大突破,55颗北斗卫星组网成功,新冠疫苗研发成功,国民经济逆势增长……

时序更替,华章日新。2021年对于全国人民而言无疑是不平凡的一年,这一年我们将迎来中国共产党百年华诞,这一年也是实施“十四五”规划、开启全面建设社会主义现代化国家新征程的第一年。我们坚信,在中国共产党的正确领导下,国家将更加强大,民族将更加团结,人民生活将更加美好,第二个一百年的华丽篇章也将拉开大幕。

这一年,“读者人”也将迎来两件喜事:一是读者出版集团创建70周年——1951年,读者出版集团的前身甘肃人民出版社成立,经过70年的蓬勃发展,现已成为国内知名的文化企业集团;二是《读者》杂志创刊40周年,《读者》自创刊之日起就始终以弘扬人类优秀文化为己任,坚持“博采中外、荟萃精华、启迪思想、开阔眼界”的办刊宗旨和“清新隽永”的办刊风格并将挖掘人性中的真善美作为自己的办刊理念,春风化雨、以文化人,潜移默化地影响了几代人的成长。2019年8月21日,习近平总书记亲临读者出版集团考察调研时对“读者人”殷殷嘱托:“要提倡多读书,建设书香社会,不断提升人民思想境界、增强人民精神力量,中华民族的精神世界就能更加深邃厚重。”如今十几个月过去,总书记的嘱托言犹在耳,“读者人”深感责任重大,深知唯有勠力同心、团结奋进,才能不辜负总书记的厚望和重托。

时值三月,莺飞草长,春意盎然,到处充满了希望和期盼的味道。与往年一样,新一辑“读者丛书”如约而至。时光荏苒,岁月如梭,不知不觉中“读者丛书”已出版了5辑。我们将第5辑“读者丛书”命名为“百年辉煌读本”,意在表达“共庆百年华诞、共创历史伟业”的美好愿望。丛书通过“文化、民生、生态文明、法治、经济、强军建设、国家统一”等10个方面充分展示了中国共产党领导人民进行革命、建设、改革的光辉历程,特别是党的十八大以来党和国家事业取得的伟大成就。我们从《读者》杂志、各类优秀图书及网站精选了600多篇记录和反映中国共产党领导人民取得的辉煌成就,以及与广大人民群众生活密切相关的点点滴滴的改变和进步的美文汇编成10册,试图以《读者》独特的视角,讲好中国共产党的故事。

蒙广大读者厚爱,“读者丛书”已出版5辑,逐渐形成了一定的品牌效应和规模效应,我们将继续秉承“三精(精挑细选、精耕细作、精雕细琢)”理念,为广大读者奉献一道滋养心灵的精神盛宴。

与往年一样,《读者丛书·百年辉煌读本》的策划和编辑出版得到了中共甘肃省委宣传部、甘肃省新闻出版局以及读者出版集团、读者杂志社等各方的指导和帮助,在此深表谢意!与此同时,丛书的编选也得到了绝大多数作者的理解和支持,他们对作品的授权选编和对丛书的一致认可消除了我们的后顾之忧,对此我们表示诚挚的谢意!虽然我们尽力想把工作做得更细致、更扎实,但因为种种原因依然未能联系到部分作者,对此我们深表歉意,也请这些作者见到图书后与我们联系。我们的联系方式是:甘肃人民出版社(甘肃省兰州市读者大道568号,730030,联系人:王建华,13099199400)。

“雄关漫道真如铁,而今迈步从头越。”处在两个一百年奋斗目标的历史交汇点上,甘肃人民出版社编辑出版《读者丛书·百年辉煌读本》,也是冀望与广大读者一道牢记使命、砥砺前行,为全面建设社会主义现代化国家、实现第二个百年奋斗目标而披坚执锐、勇立新功。

读者丛书编辑组

2021年3月